DES DRACHENS AMBIVALENTE OPFERGABE

DIE LETZTEN DRACHEN 2

INES JOHNSON

Übersetzt von
SONJA LUISE HERBERTH

THOSE JOHNSON GIRLS

Umschlaggestaltung von Jacqueline Sweet Designs

Verfasst in den Vereinigten Staaten von Amerika
Erste Ausgabe Oktober 2019

KAPITEL EINS

Schnapp! Krach! Plopp!

Beryls Kopf fiel nach hinten und berührte fast den Bereich zwischen seinen Schulterblättern. Sein Adamsapfel ragte aus seinem Hals, als würde er gleich durch die Haut stoßen. Aufgrund der Wucht, mit der sein Kopf zurückgeschleudert worden war, blieb seine Oberlippe an seinen Schneidezähnen hängen. Ein Grunzen drang aus seiner Kehle.

Allerdings war es kein Schmerzensschrei. Er leckte das Blut von seiner aufgeplatzten Lippe. Ein Lächeln umspielte seinen Mund, wodurch die Wunder weiter aufriss und noch mehr brannte.

Er taumelte vorwärts zu seinem Gegner. Das

Ungetüm von einem Mann war genauso groß und breit wie Beryl. Leanders mächtige Brust war mit blondem, gekräuseltem Haar bedeckt, in dem salzige Schweißperlen glitzerten. Seine riesigen Pranken waren fast so groß wie Beryls Kopf. An deren Enden prangten Krallen.

Aber das war in Ordnung. Beryl hatte ebenfalls welche, und die waren mindestens genauso scharf. Goldenes Fell traf auf grüne Schuppen, als Löwe und Drache im Ring miteinander kämpften.

Beryl schubste den Löwenwandler in die Ecke. Er hatte ihn in den Seilen. Die Menge tobte. Beryl drehte sich um und hob die Hände in die Luft, um die Anerkennung des Publikums zum empfangen.

Die Berylmanie war heute Abend in der Menge ausgebrochen. Wenn er ein gelbes Hemd anhätte, würde er es sich von der Brust reißen. Aber Gelb war nicht so seine Farbe. Im Publikum sah er ein paar smaragdgrüne Bandanas, auf denen in goldenen Buchstaben sein Name prangte. Die Elfen reckten ihre Fäuste in die Luft und riefen seinen Titel.

Beryl, der Schwergewichtsmeister des Schleiers.

In seiner Ecke rief sein Bruder Ilia ihm Anweisungen zu, wie „Geh in die Knie!" oder „Dreh dich nicht um!" oder „Pass auf und werde nicht übermütig!". Beryl hörte nicht auf ihn. *Er* war der Champion, nicht Ilia, der vorhin seinen Kampf gegen einen Wolfswandler nicht gewonnen hatte.

Dann spürte Beryl einen Hieb gegen seine Schulterblätter. Dem folgte ein Schlag in die Seite. Er überschlug sich und erhielt einen Tritt ins Gesicht.

Er sah rot, dann Sterne, dann schwarz.

Beryl blinzelte schnell und rappelte sich dann auf. Zwei Ilias schüttelten in der Ecke den Kopf. Aus der gegenüberliegenden Ecke kamen zwei Leanders auf ihn zu. Er blinzelte erneut, und die beiden Löwen verschmolzen zu einem wilden Raubtier, das auf seine Beute zustürzte – ihn.

Dummer Kerl. Wusste er es denn nicht? Drachen standen in diesem Land jenseits des Schleiers an der Spitze der Nahrungskette. Und Beryl war der größte, fieseste und wildeste Drache seines Clans. Der beste Kämpfer im ganzen Schleier. So stand es auf seinem protzigen Titelgürtel.

Diesmal ließ Beryl seinen Gegner nicht aus den Augen und ging in die Hocke. Dort wartete er auf den Angriff. Er war nicht für seine Geduld oder seine Gerissenheit bekannt, nur für seine rohe Gewalt. Wenn es ums Kämpfen ging, war das für seinen großen Holzkopf die natürlichste Sache der Welt.

Als Leander nur noch zwei Schritte entfernt war, breitete Beryl seine Flügel auf dem Rücken aus und schwang sich in die Luft. Die perfekt gelockten Haare des Löwen hoben sich und wurden zerzaust, als Beryls mächtige Flügel ihn über das Männchen und auf dessen Rücken trugen. Beryl versetzte Leander einen Tritt gegen das Kreuzbein. Der Löwe brüllte, als er in die Knie ging. Mit der Schnelligkeit einer Eidechse packte Beryl Leander am Hals und umschloss ihn in einem Würgegriff. Raubtiere lassen sich nicht gerne einschüchtern. „Der Stärkere gewinnt" war ein Sprichwort aus der Welt der Gestaltwandler, nicht der Menschen.

Die Elfen, Trolle und anderen Wandler, die sich im *God's Teet* versammelt hatten, brüllten zustimmend. Oben, auf einer Art Tribüne, saßen die Walküren. Drachen mochten an der Spitze der Nahrungskette stehen, aber die Walküren hatten diese Kette um ihre manikürten Finger gewickelt. Die in Leder gekleideten Frauen waren die Hüterinnen des Friedens in diesem zusammengewürfelten Haufen von seltsamen Kreaturen. Seltsam deshalb, weil alle Wesen in diesem Reich künstlich geschaffen worden waren und sich nicht wie die

Pflanzen und Tiere in der menschlichen Welt entwickelt hatten.

Wieder einmal konnte sich Leander aus dem Griff befreien, während Beryl abgelenkt war. Der Löwe zog sein Kinn zurück und rollte sich in Beryls Ellenbeuge, wie er es bei Hulk Hogan und André the Giant gesehen hatte. Beryl wusste, dass der furchterregende Riese Leanders Lieblingswrestler war. Sie hatten beide genug Zeit in Beryls Männerhöhle verbracht, um den Kampf auf Wrestlemania III zu sehen. Aber wusste der Löwe nicht, wie dieser geendet hatte? Falls nicht, würde er ihn im Nu daran erinnern.

„Nun stehen wir einander gegenüber, wie Gott es vorgesehen hat: wie echte Sportler. Keine Tricks. Keine Waffen. Nur Können gegen Können."

Beryl verdrehte die Augen, als Leander aus seinem Lieblingsfilm, *Die Braut des Prinzen*, zitierte. Die gewaltige Löwentatze schlug zu und traf Beryls Auge. Dessen Drache war hocherfreut. Die Bestie freute sich über die neue Wunde. Sie liebte Blut, sie brauchte Gewalt. Es war das Einzige, was sie besänftigte. Nun, nicht wirklich das Einzige. Nur das Einzige, das ihm gerade zur Verfügung stand.

Beryl kämpfte täglich gegen seine Brüder. Das war notwendig für ihre Drachen, die von Tag zu Tag mehr Kontrolle erlangten. Kämpfe hielten sie in gewisser Weise im Gleichgewicht. Aber die Waagschale neigte sich langsam auf die Seite des Tieres. Und das nicht nur bei den Drachen. Alle männlichen Wandler im Reich waren aus dem Gleichgewicht geraten.

Beryl war fertig damit, mit dem Löwen zu spielen. Er tanzte flink und leichtfüßig um seinen Gegner herum. Er liebte es, eine Show für die Zuschauer zu veranstalten.

Die weiblichen Elfen im Publikum seufzten hörbar angesichts des Knirschens von Knochen und des Zerquetschens von Fleisch. Die Luft war durchdrungen von ihrem honigartigen Duft der Erregung. Als Beryl aufblickte, sah er, wie die Elfen ihn anhimmelten. Die Blumenwesen waren dank ihrer rankenartigen Gliedmaßen sehr biegsam. Er könnte sich heute Abend eine der Blumen aussuchen, aber seine Augen wanderten immer wieder zu den Walküren. Die blutrünstigen Kriegerinnen interessierten sich mehr für ihr Bier als für den Kampf. Walküren verbeugten sich vor niemandem. Aber sie hatten eine Schwäche.

„Hast du genug geflirtet?", fragte Leander. „Oder soll ich den Ring lieber verlassen, damit du dich mit den Blumen vergnügen kannst?"

„Du solltest dir um andere Dinge Sorgen machen, Bruder", erwiderte Beryl. „Was wirst du tun, wenn der blutrünstige Beryl dich holen kommt?"

Leander verdrehte die Augen und griff an. Er sprang auf den zwei Füßen eines Menschen in die Luft und landete auf den vier Pfoten eines riesigen Löwen. Seine mächtigen Tatzen trommelten auf den Boden des Rings und ließen alle vor seiner Wildheit erzittern. Er öffnete das Maul, Speichel lief ihm an den Eckzähnen herab, und brüllte. Die Luft um ihn herum flirrte wie vor einem Sturm.

Der Drache hatte sich die ganze Nacht über an die Oberfläche drücken wollen. Also überließ Beryl dem Biest schließlich seinen Körper. Nur so würde er heute Abend Erleichterung finden. Außerdem konnte er seine Verwandlungen nicht mehr in Schach halten. Wenn der Drache herauskommen wollte, würde er es tun.

Beryls Krallen schabten bei der Landung über den Boden. Die beiden Bestien trafen in der Mitte des Rings aufeinander. Leander landete noch ein paar gute Treffer, bis Beryl seine Klauen um Leanders Körper schlug. Er hob den riesigen Löwen in die Luft und verpasste ihm einen Body-Slam, wie es sein Vorbild Hulk Hogan mit André the Giant in ihrem letzten Kampf getan hatte.

Der Aufprall erschütterte das Lokal. Die anwesenden Kreaturen sprangen von ihren Sitzen auf und brüllten vor Begeisterung. Als Leander auf dem Rücken lag, gelang es Beryl, ihn in einen weiteren Würgegriff zu nehmen. Dieser saß, denn im Gegensatz zu dem Mann, der sich leicht ablenken ließ, hatte der Drache nur ein einziges Ziel.

Schmerzen verursachen.

Schmerzen waren das Einzige, was die Bestie zur Vernunft brachte. Und so zog er den Schraubstock um Leanders Mähne fester.

Der Kopf des Löwen war zu groß. Diesmal konnte er sein Kinn nicht einziehen und sich wegducken. Leanders einzige Möglichkeit bestand darin aufzugeben. Nach einigen Minuten in den Fängen des Drachen spürte Beryl, wie Leanders Tatzen gegen seinen Arm schlugen.

Er hatte es geschafft. Er hatte seinen Titel verteidigt. Der Kampf war vorbei. Warum brüllte Ilia dann immer noch Anweisungen aus der Ecke?

Beryl ignorierte seinen Bruder und freute sich über seinen Sieg. Viele der männlichen Gestaltwandler rangen nun schon seit Wochen in diesen Käfigkämpfen miteinander. Keiner hatte Beryl bislang besiegt. Nicht die Bären oder die Wölfe. Nicht sein Bruder. Und nun war der mächtige Leander, der König der Löwen, gefallen.

Beryl blickte auf Leander hinunter. Dessen Lippen waren blau. Seine Augen traten aus den Höhlen hervor.

Oh, Mist. Er hatte ihn immer noch im Würgegriff. Er musste ihn loslassen. Aber sein Drache machte keine Anstalten dazu.

Beryl versuchte, den Griff des Tieres zu lockern, aber der Drache war zu mächtig. Er wollte das Blut des Löwen.

Beryl schaute in dessen Augen, aus denen langsam das Leben wich. Darin erkannte er etwas. Das hier war Leander. Sein Freund. Sie hatten miteinander gekämpft, als sie beide noch Jungtiere gewesen waren. Sie stemmten gerne zusammen Gewichte und trainierten miteinander, um zu sehen, wessen Muskeln am schnellsten wuchsen.

Leanders Muskeln spannten sich jetzt an, als der Atem seinen Körper verließ. Der Löwe hatte diesen Kampf gar nicht gewollt. Beryl hatte ihn auf die einzige ihm bekannte Art dazu angestachelt. Leander hatte ein Geheimnis, eines, das er nur Beryl anvertraut hatte. Und Beryl hatte gedroht, es dem ganzen Reich zu verraten, wenn Leander nicht mit ihm in den Ring stieg.

In seinem Inneren kämpfte Beryl eine bereits verlorene Schlacht. Sein Drache roch das Blut in der Luft, und er wollte mehr. War es das? Waren dies seine letzten Momente als Mensch? Würde der Drache die vollständige Kontrolle über seinen Körper erlangen wie bei seinem Bruder Rhoyl?

Plötzlich merkte Beryl, dass er durch die Luft flog, konnte sich jedoch nicht daran erinnern, abgehoben zu sein.

Beryls Flügel breiteten sich aus und erfassten die Strömung, bevor er landete. Sein Drache drehte sich um, bereit, sich dem nächsten Feind zu stellen. Und blieb abrupt stehen.

Eine blonde Frau, kleiner als der Löwe, aber mit einem grimmigen Ausdruck, stand vor ihm. Sie beugte sich über den ohnmächtigen Löwenwandler. Obwohl sie die Organisatorin des Kampfes war, verrieten ihr rundes Gesicht und ihre kräftigen Wangenknochen nicht, dass sie mit dem schlaffen Mann auf der Matte verwandt war.

Augenblicklich wurde aus Beryls Bestie wieder ein Mensch. Er stand splitternackt in der Mitte des Rings, denn sein Drache hatte ihm bei der Verwandlung die Kleider vom Leib gerissen. Beryl senkte beschämt den Kopf, ohne in die Augen der Frau zu blicken.

„Verzeih mir, Löwin."

„Halte dein Biest im Zaum", knurrte Leona, „oder du darfst nicht mehr mit meinen Jungs spielen."

„Ja, Ma'am."

Die Ringkämpfe waren Leonas Idee gewesen. Sie hatte Beryl darauf angesprochen. Er hatte nicht in Frage gestellt, warum die Mutter von sechs männlichen Löwen die Spiele organisiert hatte, denn es war offensichtlich: Sie hatte sechs männliche Löwen um sich, die ihre Aggressionen loswerden mussten, anstatt sich gegenseitig Schaden zuzufügen.

Leona drehte sich zu ihrem Sohn. Sie untersuchte seine Wunden nicht und half ihm auch nicht auf, wie es eine normale Mutter tun würde. Denn sie war eine Löwin. Als sie sah, dass ihr Ältester noch atmete, wandte sie sich wieder an die Menge und verkündete Beryl als Sieger.

Die Zuschauer skandierten seinen Namen. Bei seinen früheren Kämpfen war dies der Höhepunkt für ihn gewesen. Man hatte ihn für etwas bejubelt, das sich für ihn ganz natürlich angefühlt hatte. Aber diesmal hatte er das Gefühl, den Wettbewerb verloren zu haben.

Und das hatte er auch in gewisser Weise. Er

hatte sich selbst verloren. Er hatte keine Kontrolle über sein Tier gehabt. Wenn Leona nicht eingegriffen hätte, hätte er Leander töten können. Und Beryl mochte den großen, goldhaarigen, hübschen Jungen eigentlich. Sogar mehr als seine eigenen Brüder.

„Das war schlechter Sportsgeist", sagte Ilia, als Beryl aus dem Ring kletterte. „Du hättest stattdessen auf seine Knie zielen sollen …"

„Halt die Klappe." Beryl gab seinem Bruder einen Schubs.

Ilia, der 30 Zentimeter kleiner und deutlich leichter als Beryl war, stürzte in eine Gruppe von Elfen. Die zarten Wesen fingen ihn in ihren Blütenkelchen auf. Ilias braune Augen blitzten jadefarben, und sein Drache machte sich als Reaktion auf Beryls Angriff bemerkbar.

Beryl hatte kurz ein schlechtes Gewissen, schob es aber rasch beiseite. Ilia war an diese Art von Umgang gewöhnt, da er der Kleinste und Jüngste war. Und Beryl hatte jetzt keine Zeit, sich zu entschuldigen. Er musste sich um Wichtigeres kümmern.

Er bahnte sich seinen Weg durch die jubelnde Menge und scherte sich nicht darum, sein Gemächt zu bedecken.

„Lass mich deine Wunden heilen", flüsterte eine Elfe. Dahlia war ihr Name.

Er hatte sie schon einige Male gehabt. Ihr süßer Duft lockte ihn normalerweise zu ihr, aber heute Abend kam er ihm bitter vor. Er hatte sich schon lange nicht mehr mit den Elfen vergnügt; nicht, seit er wusste, dass es eine andere Möglichkeit gab.

Beryl wich Dahlia aus und ging schnurstracks zu den Walküren, die die Bar gerade verlassen wollten.

„Siggy? Hilda? Gibt es etwas Neues von jenseits des Schleiers?"

Hilda drehte sich zu ihm um, und dabei peitschten ihre Zöpfe durch die Luft. Sie hob ihr Schwert und zielte auf seine Kehle. Beryl schluckte. Ihre Klinge berührte seinen Adamsapfel.

„Wie sehe ich aus?" Hilda sah ihn mit funkelnden Augen an. „Wie die *Tagesschau?*"

Beryl hob beschwichtigend die Hände. „Ich bitte um Entschuldigung. Ich habe nur gefragt, ob du etwas von Morrigan gehört hast?"

„Morri ist noch nicht von der Jagd zurück", erwiderte Siggy. Ihr Blick war schamlos auf Beryls Schritt gerichtet.

Vor ein paar Wochen war Beryls Bruder Corun einen Handel mit den Walküren eingegangen: seine weibliche Opfergabe im Tausch gegen Edelsteine.

Beryl hatte Morrigan zur Seite genommen und ihr ihr Gewicht in Smaragden versprochen, wenn sie ihm ebenfalls ein Weibchen brächte. Aber seither hatte er die Walküre nicht mehr gesehen.

„Ich verdopple das Honorar, wenn du dich ihrer Jagd anschließt." Beryl ließ den Drachen an die Oberfläche steigen. Seine Augen leuchteten smaragdgrün.

Diejenigen der Walküren funkelten golden vor Begierde. Das war die einzige Schwäche der wilden Kriegerinnen: Sie liebten Edelsteine. Sie liebten alles, was glitzerte. Drachen förderten Edelsteine zutage und waren bekannt dafür, ihre Schätze wie ihre Augäpfel zu hüten. Allerdings waren ihnen Opfergaben wichtiger als die Edelsteine in ihrem Berg.

„Wir arbeiten nicht für dich", erwiderte Hilda, aber jetzt war ihr Ton nicht mehr so schneidig. „Du musst dir jemand anderen suchen, wenn du ein Stelldichein willst."

Ihm ging es nicht um ein Stelldichein. Er brauche eine Opfergabe. Eine eigene Frau, die er beschützen, versorgen und beglücken könnte, war das Einzige, was seine Bestie auf Dauer besänftigen und sie an der Leine halten würde. Wenn Beryl nicht bald ein Opfer bekäme, würde sein Drache ihren gemeinsamen Körper übernehmen, und der Mann wäre darin gefangen. Andernfalls würde er weiterhin diese Käfigkämpfe austragen müssen, um zumindest einen Hauch von Kontrolle zu bewahren. Jedoch hatte ihm der heutige Abend gezeigt, dass auch das bald zu Ende sein würde. Beim nächsten Kampf könnte wirklich jemand sterben.

KAPITEL ZWEI

„Haben Sie genug von Ihrem eintönigen Alltag?"

Poppy Maddow schaute vom Bügelbrett auf. Auf dem Fernsehbildschirm hob eine blonde Frau mit einem kessen Lächeln eine Augenbraue und warf den Zuschauern einen verschwörerischen Blick zu. Die Frau schaute Poppy von dem 12-Zoll-Bildschirm in Standardauflösung an, aber Poppy hatte das Gefühl, dass sie direkt in ihr Herz blickte.

„Wir leben auf einem wunderschönen Planeten mit atemberaubenden Landschaften und tropischen Paradiesen."

Poppy warf einen Blick aus dem Fenster des Wohnwagens. Es gab nicht viel zu sehen, lediglich kahle Bäume, verrostete Autos, die auf Ziegelsteinen standen, überquellende Müllhaufen und eine Kuhle, die einmal ein schlammiger Teich gewesen war.

„Dann kommen Sie mit in eine Welt voller malerischer Berglandschaften, smaragdgrüner Seen und mittelalterlicher Städte."

Auf dem 12-Zoll-Bildschirm flog die Kamera über grünes Wasser. Es war ein anderes Grün als das Abwasser in ihrem Hinterhof. Im Fernsehen konnte sie in die Tiefen der Seen blicken. Im Gegensatz zu den kargen Wäldern im hiesigen Hinterland war jeder Baum mit üppigen, grünen Blättern bedeckt. Das Braun, das sich durch die Landschaft in der Sendung zog, war Sand und nicht der Schmutz und Dreck der Armut.

Poppy beugte sich vor, die Augen weit aufgerissen. Ihr Herz klopfte, ihre Füße kribbelten und wollten sich sogleich in diese Zauberwelt aufmachen.

„Wo zum Teufel ist meine Hose?"

Poppy reagierte nicht auf das schroffe Gebrüll. Sie war ihr ganzes Leben lang angeschrien worden. Bruces laute Stimme war für sie normal.

Sie öffnete den Mund, um ihm mitzuteilen, dass sie die Hose, die er suchte, gerade bügelte. Stattdessen verschluckte sie sich, und kein Wort drang aus ihrem Mund. Ein dunkler Fleck hatte sich auf dem rechten Hosenbein gebildet. Während sie sich auf die Flucht in das exotische Paradies gefreut hatte, hatte sie das Bügeleisen vergessen, und es hatte einen Brandfleck auf Bruces bester Hose verursacht.

Shit. Das würde übel enden.

Poppy wollte die Hose verstecken. Leider gab es in dem Wohnwagen nicht viel Platz. Jeder Raum erfüllte zwei Funktionen. Die Küche war gleichzeitig der Essbereich. Jeder Schrank war vollgestopft mit Glastöpfen, Pfannen, Schläuchen und anderen Geräten und Utensilien zur Herstellung der seelenraubenden Droge, die ihnen dieses Blechdach über dem Kopf ermöglichte. Also konnte sie die Hose nirgendwo unterbringen.

Die einzige Möglichkeit bestand darin, sie in ihr Sommerkleid zu stopfen. Das war eine Stelle, wo Bruce nicht hinschauen würde. Zwar spreizte er bisweilen ihre Schenkel mitten am Tag, wenn er in der Nacht nichts abbekommen hatte, aber er sah sie dabei niemals an.

„Hast du mich gehört, du hässliche Schlampe?", fragte Bruce, als er aus dem Schlafzimmer, das gleichzeitig als Wohnzimmer diente, trat. Er trug einen schmuddeligen, engen Slip, über den sich sein Bierbauch wölbte. Seine behaarte Brust war unbedeckt. In seinen blauen Socken war ein Loch. Aber es waren seine Anzugsocken. Offensichtlich hatte er etwas Wichtiges zu erledigen, und er brauchte diese Jeans, sein bestes Outfit.

Doppelt Shit.

„Hast du im Wäschekorb nachgesehen?", fragte Poppy ganz unschuldig. Sie klopfte sich auf den Bauch und versuchte, normal auszusehen und nicht so, als wäre sie plötzlich schwanger. Etwas, an dem sie trotz ihrer Armut nicht sparte, war Empfängnisverhütung. Pünktlich wie eine Schweizer Uhr ging sie jeden Monat in die hiesige Klinik, um sich eine Packung mit der Pille zu holen. Sie wollte kein Kind in diese erbärmlichen Lebensumstände bringen, die sie selbst hinter sich lassen wollte.

„Du solltest doch die Wäsche machen." Bruce stürmte auf sie zu. Seine Schritte ließen den Wohnwagen erbeben. „Ich kann deinen hässlichen Arsch nicht auf die Straße stellen, um Geld zu verdienen. Du bist allergisch auf die verdammten Chemikalien, aus denen mein Produkt besteht. Wozu bist du eigentlich gut, wenn du meinen Haushalt nicht führen kannst, du Schlampe?"

Er schubste sie, aber sie konnte sich in dem beengten Raum nirgendwohin sonst stellen. Sie stieß mit dem Rücken gegen den Herd und fiel zu Boden. Die Hose rutschte aus ihrem Kleid.

„Was zur Hölle …?" Er schnappte sich seine Hose, bevor sie sie wieder verstecken konnte. Bevor sie sich entschuldigen oder sich ducken konnte, klatschte sein Handrücken auf ihre Wange. „Verdammte nutzlose Fotze! Das ist eine echte Gucci-Fälschung. Ich habe 50 Dollar dafür hingeblättert."

Vor ein paar Monaten hatte sie das Steak verbrannt, das er aus einer Restaurantküche gestohlen hatte. Das war Fleisch im Wert von 25 Dollar gewesen. Dafür hatte er sie einmal geschlagen. 50 Dollar waren ein Vermögen. Poppy hob die Arme und wartete auf einen zweiten Schlag.

„Zieh etwas über", bellte Bruce.

Er zerrte an ihrem Kleid, aber der abgenutzte Stoff reichte nicht weit genug, um die Hässlichkeit ihrer Beine zu verdecken. Er wandte sich von ihr ab. Die Flecken an ihren Gliedmaßen waren einer der Gründe, warum er sie nicht ansah, wenn er es mitten am Tag mit ihr trieb.

„Weißt du, was ich tun sollte?", fragte er, immer noch über ihr hockend. „Ich sollte deinen Arsch in ein Glory Hole stecken. Dann müsste niemand mehr deinen hässlichen Hintern sehen."

Sein Atem roch nach der Fotze einer anderen

Frau. Seine Nägel waren dunkel vom Schmutz seines nächtlichen Jobs als Zuhälter dieser Wohnwagensiedlung. Die Adern in seiner Armbeuge waren vom Konsum seiner Droge vernarbt.

Poppy zog die Knie hoch, um die unansehnlichen Stellen an ihren Beinen zu bedecken. Die Verfärbungen ließen ihre Haut wie die einer Leprakranken aussehen. So hatte man sie in der Grundschule genannt, als die Flecken aufgetreten waren. Die Ärzte hatten bestätigt, dass sie keine Lepra hatte, allerdings waren sie ratlos, was stattdessen mit ihr los war.

Ihre Mutter hatte die gleiche Hautkrankheit gehabt. Das hatte sie nicht davon abgehalten, auf der Straße zu arbeiten. Das war eine der wenigen Möglichkeiten, hier an Geld zu kommen. Entweder auf den Knien arbeiten und putzen oder auf dem Rücken liegen und die Beine breit machen.

Kellyanne war fest entschlossen gewesen, ihr kleines Mädchen niemals auf dessen Rücken arbeiten zu lassen. Aber Poppy hatte dennoch den Kürzeren gezogen. Ihre Tage verbrachte sie auf den Knien, putzte Bruces Saustall und wusch die Wäsche für seine Huren, die auf der Straße arbeiteten. Nachts lag sie auf der Seite und hoffte, dass er nicht nach Hause kommen und sie auf den Rücken drehen würde.

Es war kein schlechtes Leben. Andere Mädels hatten es viel schlimmer. Sie verbrachte die meisten Tage allein, während die anderen Frauen am Rand der Wohnwagensiedlung auf Autofahrer warteten. Sie hatte sogar einen Fernseher ergattert, auf dem sie Reisesendungen wie *Globe Trekker* ansehen und so der Welt zumindest in ihren Gedanken entfliehen konnte. Es gab sogar einen Sender, auf dem alte Serien wie *Knight Rider, Der Unglaubliche Hulk* und *Die Schöne und das Biest* liefen, allerdings auf Spanisch.

Nein, es war überhaupt kein schlechtes Leben. Gut, ab und zu wurde sie geschlagen. Manchmal hatte sie es sogar verdient. So wie jetzt. Sie war unvorsichtig gewesen und hatte Bruces beste Hose ruiniert.

„Ich glaube, ich kann das in Ordnung bringen", sagte sie trotz des stechenden Schmerzes in ihrem Kiefer. „Ich brauche nur ein bisschen Essig. Lass es mich versuchen."

Er sah sie noch ein paar Sekunden lang finster an, bevor er sich zurückzog. Er bot ihr nicht die Hand an. Sie rappelte sich auf, wobei sie darauf achtete, ihre Flecken vor ihm zu verbergen, um ihn nicht noch mehr zu verärgern.

Poppy durchstöberte die Schränke auf der Suche nach dem Essig. Sie fand die Flasche gerade, als die nächste Ladung Wäsche gebracht wurde. Sie kümmerte sich zuerst um Bruces Hose und tupfte die Säure auf den Brandfleck. Gott sei Dank, es sah so aus, als würde er rausgehen. Vielleicht bekäme sie doch keine zweite Ohrfeige. Das könnte ein guter Tag werden.

Sie legte die Hose zum Trocknen beiseite und kümmerte sich um die Wäsche. Poppy zog diverse Tangas und kurze Röcke heraus, die auch als Gürtel verwendet werden konnten. Ihre Hand erstarrte an einem Satz Unterwäsche.

Das Kleidungsstück entsprach nicht der Größe einer Frau. Auf dem Etikett war die Größe nach Alter angegeben. Es war die eines Kindes. Sechs bis zwölf Jahre alt. Auf der weißen Baumwolle waren Teddybären abgebildet. Im Schritt waren ausgeblichene Blutspuren zu sehen.

Als Poppy aufstand, rutschte ihr der Träger des Kleides von der Schulter. Sie zog ihn nicht wieder hoch, um die Flecken auf ihren Armen zu verdecken. Am liebsten wollte sie sich das Kleid vom Leib reißen. Der dünne Baumwollstoff fühlte sich plötzlich wie Sandpapier auf ihrer zarten, von Krankheit gezeichneten Haut an.

„Warum brauchst du so lange? Ich muss los. Bist du so dumm, wie du hässlich bist?"

Sie war sich nicht sicher, wie das Fleischermesser in ihre Hand gekommen war. Als Bruces Hand ihre Schulter berührte, drehte sie sich um und stach zu.

Bruce riss die Augen auf. Seine Hand umklammerte seine Wange. Blut tropfte zwischen seinen Fingern hervor.

„Du hast gesagt, du würdest nie ein Kind anfassen." Poppys Stimme war leise, als sie sich den Weg aus ihrer Brust herauskämpfte. Sie hielt das Messer in einer Hand und die Unterwäsche des Kindes in der anderen.

Bruces Augen funkelten vor Wut. „Diese kleine Hure hat mich um Arbeit angebettelt. Sie wollte es. Und jetzt mache ich dich zur Schnecke."

Er kam auf sie zu. Poppy schlug erneut mit dem Messer zu. Aber Bruce war im Umgang mit Gewalt viel geübter als sie. Er umfasste ihre Hand und entriss ihr das Messer. Alles, was ihr blieb, war der ruinierte Schlüpfer eines kleinen Mädchens.

Es war erst das zweite Mal in ihrem Leben, dass sie sich wehrte. Beim ersten Mal hatte sie einen Slip in Größe 8 mit Einhörnern und Regenbögen getragen. Er war ihr von ihrem kleinen Körper gerissen worden, aber bevor Blut hatte fließen können, war ihr Schutzengel zu ihrer Rettung geeilt.

Poppy weinte, wie sie es immer tat, wenn sie an ihre Mutter dachte. Kellyanne war jetzt schon lange tot. Jetzt würde niemand mehr gekommen, um sie zu retten. Der Tod konnte jedoch nicht schlimmer sein als dieses Leben. Wenigstens würde sie aus dieser Wohnwagensiedlung herauskommen und etwas anderes vor ihrem Fenster sehen.

Sie drehte den Kopf zu ebendiesem Fenster und bereitete sich darauf vor, dass Bruce ihr das Messer in die Brust rammte. Moment mal, hatte er sie schon erwischt? Oder war da etwas im Fenster?

Es war nicht nur eine neue Aussicht, sondern auch eine neue Person. Die Frau, die auf dem Sims saß, hatte viel zu viel an, um als Prostituierte durchzugehen. Das Korsett, das sie trug, hätte den Straßenmädchen gut gefallen. Die Stiefel auch. Aber niemand in dieser Wohnwagensiedlung konnte sich enganliegende Lederhosen leisten oder würde sich die Mühe machen, diese mühsam anzuziehen, wenn sie ohnehin gleich von einem Freier ausgezogen werden würden. Und sie müssten chemisch gereinigt werden. Nein, wer auch immer diese Frau war, sie war keine Dirne.

Die gut gekleidete Frau räusperte sich gerade, als Bruce mit dem Messer ausholte. Aus den Augenwinkeln sah Poppy, wie er sich zum Fenster drehte. Ihm klappte die Kinnlade runter, als er sah, wer dort stand.

„Ich würde sagen, such dir jemanden in deiner Gewichtsklasse …" Der Blick der Frau wanderte zu Bruces Schritt in seinem engen Slip und blieb dort hängen. „Aber dann dürfte ich ja auch nicht ran."

„Wer zum Teufel bist du?" Bruce richtete das Messer auf sie und kümmerte sich nicht mehr darum, Poppy in Jenseits zu schicken. Warum sollte er auch? Vorerst konnte sie ohnehin nicht abhauen.

„Ich …" Die Frau sprang vom Fenster, der Aufprall aufgrund ihrer Stiefel erschütterte den Wohnwagen mehr als Bruces Schritte. „… bin deine Mitfahrgelegenheit."

Ein unsicheres Grinsen umspielte Bruces Lippen. „Ach, ja? Wohin fahren wir, Baby?"

Die Frau zog ein langes, glitzerndes Schwert hinter ihrem Rücken hervor. Die Klinge war mehr als fünfmal so lang wie das Messer in Bruces Hand. „Geradewegs an der Hölle vorbei an einen Ort, der viel, viel schlimmer ist. Und du hast Glück, du bist für diesen Anlass perfekt gekleidet."

Bruce öffnete den Mund, um etwas zu erwidern. Ein gurgelndes Geräusch kam aus seiner Kehle, denn sie hatte ihm ein klaffendes Loch in den Hals geschnitten. Blut floss dort, wo eigentlich Worte hingehörten. Bruces Körper fiel mit einem dumpfen Schlag zu Boden.

Poppy stand wie erstarrt da. Sie hatte zu viel Angst, um vor Furcht zu zittern. Als sie sich umdrehte, blickte die Frau sie an. Aber nicht in ihr Gesicht, sondern auf ihre Hand.

Sie winkte Poppy zu sich her. Ihre Erfahrung mit Gewalt hatte diese gut trainiert. Ohne zu zögern tat Poppy, wie ihr geheißen wurde. Ihre Schritte waren langsam und steif, aber schließlich stand sie vor der Frau.

Diese streckte die Hand aus und nahm Poppy die Unterhose des Kindes aus der Hand. „Den hatte ich schon länger im Visier, aber diese letzte Tat war sein Todesurteil."

Mit dem Höschen wischte sie Bruces Blut von ihrer Klinge ab und bedeckte die Teddybären mit dem Elixier seines abgelaufenen Lebens. Das schien angemessen zu sein. Sein Tod für verlorene Unschuld.

„Sieht aus, als wäre das auch deine letzte Tat gewesen." Die Augen der Frau leuchteten hell wie Sterne, als sie von dem am Boden liegenden Fleischermesser wieder zu Poppy wanderten.

Die einzige Antwort, die Poppy geben konnte, war, zu schlucken. Einmal war eine Sozialarbeiterin in ihrem Wohnwagen vorbeigekommen, in einem hochgeschlossenen Kleid und glänzenden Schuhen. Bruce hatte Poppy in der Nacht zuvor eine ordentliche Abreibung verpasst gehabt. Der Blick der Sozialarbeiterin war auf die wunden Stellen gerichtet gewesen. Als Poppy sich geweigert hatte, mit ihr zu gehen, hatte diese gefragt, warum sie bleiben wolle. Poppy hatte die knarzende Fliegengittertür vor der Nase der Frau zugeschlagen.

Sie hatte ein paar Filme gesehen, in denen Ehefrauen mitten in der Nacht mit makellosem Augen-Make-up und glänzenden Lippen vor ihren Ehemännern geflüchtet waren. Auch Talkshows über häusliche Gewalt, in denen die wohlmeinende Moderatorin den Betroffenen Bargeld und eine Hintertür zur Flucht angeboten hatte. Nichts davon entsprach der realen Welt.

Als sie Bruce tot auf dem Boden liegen sah, empfand Poppy keine Trauer. Aber sie machte sich Sorgen um sich selbst. Sie hatte keine Schulbildung, keinerlei Qualifikationen. Sie hatte nicht einmal ein hübsches Gesicht. Wie sollte sie jetzt ihren Lebensunterhalt bestreiten?

Poppy fuhr sich mit einer Hand durchs Haar. Ihre Finger zitterten dabei. Die Frau sah sie mit zusammengekniffenen Augen an. Blitzschnell streckte sie die Hand aus und riss Poppys Kleid herunter.

Poppy keuchte. Instinktiv bedeckte sie sich. Aber aus einem Selbsterhaltungstrieb heraus ballten sich ihre Finger dabei zu Fäusten.

„Rote Haare und Schuppen? Ist heute mein Glückstag, oder was?"

Poppy zappelte, um sich aus dem Griff der Frau zu befreien. Ein fieses Grinsen hatte sich auf deren Gesicht ausgebreitet. Poppy kannte diesen Ausdruck. Es war der Ausdruck eines Raubtiers.

„Du wirst mir ein hübsches Edelsteinchen einbringen."

Poppy drehte sich um und wollte weglaufen. Aber sie spürte einen Schlag in ihrem Nacken. Und dann wurde alles schwarz.

KAPITEL DREI

Das Klirren von Metall auf Metall hallte durch die unterirdische Höhle. Beryl hatte gehört, dass Menschenmänner in ihren Häusern eine Männerhöhle hatten; ein kleines Zimmer, in das sie sich vor den Frauen zurückziehen konnten. Er verstand nicht, warum ein Mann sich von seiner Frau zurückziehen wollte. Wenn er eine Frau hätte, würde er sie in seine Höhle lassen, wann immer sie wollte. Er würde ihr eine eigene bauen und sich in der Hoffnung, dass sie ihn in ihrem inneren Heiligtum willkommen hieß, vor deren Türschwelle setzen.

In dem Schloss, das er mit seinen Brüdern bewohnte, hatte er eine richtige Höhle. Viele Räume waren Höhlen, und dann gab es da noch die eigentlichen Höhlen, in denen die Brüder jeweils ihre Edelsteine abbauten und ihre Schätze horteten.

Mit Ausnahme von Corun, der seinen Schatz für seine weibliche Opfergabe hergegeben hatte. Beryl hätte dasselbe getan. Seine neue Schwester war jeden Edelstein wert, und bald würde Chryssie ihre Familie vergrößern. In ihrem Bauch wuchsen zwei starke Junge heran.

Die Verbindung von Corun und Chryssie hatte allerdings auch eine Kehrseite. Die beiden waren einer der Gründe dafür, dass Beryl derzeit in seiner Männerhöhle war. Sie trieben es ständig wie die Karnickel.

„Wenn du diese Phase des Schmerzes überstehst, wirst du vielleicht ein Champion", sagte eine männliche Stimme mit starkem Akzent. „Wenn du es nicht schaffst, vergiss es."

Beryl drehte die Lautstärke des Films herunter. Lediglich mit dieser Aussage aus dem Mund des Österreichers war er einverstanden. Er spulte die VHS-Kassette an den Stellen mit Arnold Schwarzenegger vorbei vor, um seinen Helden Lou Ferrigno zu sehen. Ferrigno wurde in dem Film der Titel des Mr. Olympia geraubt. Er war um so vieles besser und so viel größer als der Österreicher.

Abgesehen vom Kämpfen war Gewichtestemmen das Einzige, was Beryls Bestie besänftigte. Früher hatte Beryl sich damit begnügen können, Elfen zu vögeln. Aber die zarten Wesen waren für ihn nicht mehr interessant. Er wollte eine Frau aus Fleisch und Blut. Eine, die er sein eigen nennen konnte. Eine, an der sich sein Drache die Zähne ausbeißen und die er für sich beanspruchen konnte.

Es war schon Wochen her, seit Morrigan ihm zugesichert hatte, eine Opfergabe für ihn zu finden. Er war sich nicht sicher, wie lange er noch würde durchhalten können.

„Hast du meine Terminator-Badehose genommen?"

Die Gewichte klirrten erneut, als Beryl sie auf den Boden fallen ließ. Über ihm stand ein Mann mit leuchtenden, dunklen Augen. Wie immer war der Kleinste seiner Brüder sofort bereit, einen Kampf anzuzetteln, um sich durchzusetzen.

„Warum sollte ich deine Unterwäsche anfassen, Ilia?" Beryl zuckte mit den Schultern und nahm sich eine Cola aus dem Kühlgerät, das Morrigan vor einiger Zeit mitgebracht hatte. „Die würden das, was ich habe, niemals bedecken können."

Ilia spottete. „Du hast vielleicht den Längsten von uns Dreien, aber meiner ist am dicksten."

Beryl wusste, dass er sich nicht auf diesen belanglosen Streit einlassen sollte. Genau wie er suchte auch Ilia nur einen Grund, um seine Fäuste zu schwingen. Keiner der beiden Drachen hatte etwas Besseres zu tun.

Beryl hatte bereits tausend Pfund gestemmt. Sein Blut war immer noch in Wallung von seinem gestrigen Kampf. Vielleicht würde es ihn besänftigen, seinem Bruder ein paar Minuten lang ins Gesicht zu schlagen. Das einzige Problem war, dass er nicht sicher war, ob er seine Bestie so weit im Griff hatte, dass sie Ilia nicht töten würde.

„Du bist nur sauer, dass Arnold den Titel gewonnen hat", stichelte Ilia. „Du weißt, dass der Terminator den Hulk jederzeit schlagen würde."

Und da brannte ihm die Zündschnur durch. Beryl erhob sich. Es brauchte nicht viel, damit die Drachen kämpften. Das war eine nicht unerhebliche Aussage gewesen. Jeder wusste, dass der Hulk stärker war als dieser Metallklotz.

Beryl hätte sich beinahe verwandelt, als er seinem Bruder gegenüberstand, aber er hielt sich zurück. Er trug ein *Gold's Gym* T-Shirt. Die Walküre hatte gesagt, dass es immer schwieriger würde, dieses Kleidungsstück jenseits des Schleiers zu finden. Er wollte es nicht ruinieren. Es war sein Lieblingsteil.

„Wie auch immer", sagte Beryl. „Wenn du den Bösewicht anfeuern willst, der in der Zeit zurückreist, um die ganze Menschheit zu vernichten, dann nur zu. Der Hulk kämpft für Außenseiter."

„Tut er nicht", erwiderte Ilia. „Bannon kann die Bestie in seinem Inneren nicht kontrollieren. Aber der Terminator hat alles unter Kontrolle."

„Ach, ja? Wenn der Terminator so ein Held ist, warum stirbt er dann in einem brennenden Feuertopf und kehrt nie wieder zurück?"

Darauf hatte Ilia nichts zu erwidern. Der Hulk mochte außer Kontrolle geraten sein, aber er war immer auf der Seite des Guten. Und der Terminator hatte nur einen Film, außerdem starb er am Ende. Bannon arbeitete weiter daran, seine Bestie unter Kontrolle zu halten. Sie hatten das Ende der Serie noch nicht gesehen, aber Beryl war sich sicher, dass das grüne Monster und der Mensch eines Tages zueinander finden würden. Sie waren Helden. Das war es, was Helden taten.

Beryl stürmte an seinem Bruder vorbei. Aber das Tier in seinem Bauch drängte weiter. Vielleicht sollte er eine Elfe aufsuchen, um den Druck in seinen Lenden zu lindern. Wer wusste schon, wann

Morrigan mit seiner Opfergabe zurückkehren würde. Und selbst wenn sie es täte, würde er wahrscheinlich mit seinen anderen Brüdern um sie kämpfen müssen.

Na ja, eigentlich nur mit Ilia. Elek hatte kein Interesse an einer Gefährtin. Rhoyl konnte nichts mit einer solchen anfangen, selbst wenn er es versuchte, da er seit Jahren in seiner Drachengestalt feststeckte.

Es würden also nur er und Ilia sein. Ilia suchte immer nach einem Grund zum Kämpfen. Der Kleinste wollte sich immer in der Familie mit den größeren Männchen beweisen.

Beryl erblickte Elek, als der schweigsame Mann durch die Schatten des Schlosses schlich. Er war vermutlich auf dem Weg zu seiner Mutter. Miyaoaxochitl war nicht mehr ansprechbar, seit sie Elek entbunden und seinen Bruder verloren hatte.

Corun und Chryssie waren oben in ihren Gemächern. Kimber war in den Minen. Seine Gefährtin Cardi, die noch nicht volljährig war, saß wahrscheinlich im Spielzimmer und spielte ein Videospiel; eines der Kampfspiele, bei denen sie mit einer Waffe Männern die Köpfe wegpusten konnte.

Beryl dachte, er hätte Rhoyl am Fenster vorbeifliegen sehen. Aber nein, es waren nicht die blauen

Schuppen seines Bruders. Dieser Drache hatte braune Schuppen. Nur reinrassige Drachen hatten braune Schuppen.

Beryl erkannte ihn. Er gehörte der Walküre Morrigan. Sie war hier.

Wenn Ilia unten in der Männerhöhle war, konnte Beryl die Opfergabe zuerst erreichen. Er könnte sie markieren, und sie würde kampflos ihm gehören. Er rannte zur Hintertür, gerade noch rechtzeitig, bevor die Walküre landete.

„Wo ist sie?", fragte Beryl.

„Langsam, langsam, Schuppenjunge." Morrigan hüpfte vom Rücken des Drachen. „Ich habe einen Haufen Zeug abzuladen."

„Du hast sie? Du hast meine Opfergabe?"

„Ich habe Cardis John-Hughes-Sammlung über rothaarige Mädchen, die hinter Jungs her sind. Oder warte mal? Ist es nur ein Mädchen? Jedes Mal das Gleiche? Ich kann es nicht sagen. Alle Menschen sehen irgendwie gleich aus. Ich habe Coruns Ultraschallgerät, damit er seine Jungen ausspionieren kann, was einem schon zu verstehen gibt, welche Art von Vater er sein wird. Und du hast nach dem neuesten *Donkey Kong* gefragt ..."

„Genug", knurrte Beryl.

Die Augen der Walküre leuchteten gefährlich auf.

Beryl neigte den Kopf. Drachen mochten an der Spitze der Nahrungskette im Schleier stehen. Er mochte seine Brüder anbrüllen. Er mochte einen Löwen erwürgen können. Aber den Zorn oder das Schwert einer Walküre würde er nicht überleben. Die Töchter der Göttin standen jenseits aller Nahrungsketten.

Oben sah Beryl Rhoyls blaue Schuppen im Mondlicht schimmern. Sein Bruder schwebte am Himmel und beobachtete sie. Von einem Fenster aus sah er Elek herabblicken, dessen bernsteinfarbene Augen in der Nacht leuchteten. Rhoyl und Elek würden sich dem Kampf anschließen, wenn es sein müsste. Und sie würden beide umkommen.

„Bitte", flehte Beryl. Er war ein verzweifelter Mann. Er konnte seine Bestie kaum noch im Zaum halten. Sie wollte der Walküre den Kopf abreißen, was den sicheren Untergang für Mensch und Tier bedeuten würde.

Morrigan schlenderte um ihren Drachen herum. Auf dessen Rücken befanden sich zwei menschengroße Säcke. Beryl roch Blut, das aus einem drang. Das musste ihre Beute für Walhalla sein. Die Walküren töteten ihren Fang normalerweise nicht, bevor sie ihn über den Schleier brachten. Beryl fragte sich, was sie so wütend gemacht hatte, dass sie den Mann vorzeitig umgebracht hatte.

Aber dieser traurige Sack wurde sofort zugunsten des Zweiten vergessen. Beryls Blick huschte zu demjenigen, zu dem die Walküre schritt. Morrigan hob ihn mühelos hoch.

Beryl konnte den köstlichen Duft riechen, der von ihm ausging. Es roch nach etwas Süßem, aber nicht aus der Natur. Da war auch ein säuerlicher Geruch, der ihn an die Elixiere in Coruns Labor erinnerte. Unter all dem lag der Geruch von etwas Leichtem, wie eine Brise, die über ein kleines Gewässer streicht. Er griff nach dem Sack.

Morrigan zog ihn zurück. „Nee, nee, nee. Erst die Bezahlung."

Beryl biss die Zähne zusammen. „Folge mir!"

Er führte die Walküre zum Eingang des Bergwerks. Er ging an den Rubinminen von Corun und den Diamantminen von Kimber vorbei. Er nahm den Eingang zu seinen eigenen Minen, wo Smaragde unter dem Felsen vergraben waren.

„Nimm dir, was du willst", sagte er zu der Walküre.

Ihre Augen leuchteten wieder, aber diesmal nicht

vor Zorn, sondern vor Gier. Sie reichte ihm den Sack und stopfte sich die Taschen voll.

Einen Augenblick lang hielt Beryl den Sack ausgestreckt vor sich. Er wog fast nichts, aber er war bedeutungsschwer. Langsam zog er den Stoff zurück und gab den Blick auf ein rundes Gesicht frei. Weiche, rotblonde Locken umrahmten ihr Gesicht. Eine kleine Stupsnase teilte ihre Gesichtszüge in zwei perfekt symmetrische Hälften. Ihre Lippen waren klein, herzförmig und voll.

„Hat sie Feuer im Blut?", fragte Beryl.

Als ob das eine Rolle spielte. Das Bündel in seinen Armen gehörte ihm, und er würde sie behalten, ob sie ihm nun Junge gebären konnte oder nicht. Wenn sie kein Feuer hätte und keinen Drachen austragen könnte, würde er sie trotzdem halten und beschützen. Seine Bestie brauchte nichts Körperliches, um gesättigt zu sein. Er brauchte nur einen Grund. Und sie war sein Grund.

„Sie ist ein Feuerblut."

Erleichterung machte sich in Beryl breit. Die Worte, die er noch vor einem Augenblick gedacht hatte, zerfielen zu Staub. Sie war schön, und er begehrte sie körperlich. Seine Lenden spannten sich an, und er hätte sie am liebsten sofort genommen.

„Sogar noch besser", sagte Morrigan. „Sieh genauer hin. Sie hat Schuppen."

Beryl nahm seine Beute in die Arme und streifte ihr den Sack von den zarten Schultern. Er erschrak über das, was er sah. Auf ihrer blassen Haut befanden sich goldene Flecken. Sie fühlten sich weich an, aber er wusste sofort, was sie waren.

„Wie heißt sie?", fragte er.

„Ich habe sie nicht nach ihrem Namen gefragt. Aber pass auf deine Lenden auf. Sie wollte mein Zielobjekt kastrieren, bevor ich es einfordern konnte."

Beryl grinste über diese Aussage. Sein Weibchen war temperamentvoll, genau wie Cardi und Chryssie. Sie war perfekt. Er legte ihren restlichen Körper frei und begann mit dem Ritual des Fesselns.

KAPITEL VIER

Sie war definitiv tot.

Woher wusste sie das so genau? Sie wurde liebkost. In der realen Welt liebkoste einen nur die eigene Mutter, und ihre war vor langer Zeit gestorben.

Seit sie klein war, hatte Poppy viele Mütter gesehen, die ihren Kindern den Rücken zugekehrt oder sie mit Gewalt in die Richtung gedrängt hatten, in die sie sie hatten schicken wollen. Oder sie hatten sie geschubst und geschlagen, um zu spuren. Aber Poppy hatte Glück gehabt. Ihre Mutter hatte ab und an mit ihr im Bett gekuschelt. Aber nur dann, wenn deren Bett nicht mit einem Kunden besetzt war.

Das waren die Zeiten gewesen, in denen Poppy

sich sicher gefühlt hatte. Das waren die Zeiten gewesen, in denen sie nicht den Wunsch verspürt hatte, in eine imaginäre Welt zu fliehen, die sie im Fernsehen gesehen hatte.

Als sie in den Armen ihrer Mutter gelegen hatte, hatte die Welt aufgehört, ein gefährlicher Ort zu sein, an dem das Essen knapp war, die Stimmen immer lauter wurden und die Männer kleine Mädchen wie einen nächtlichen Snack anstarrten.

Es war an einem Nachmittag gewesen, an dem Poppy im Bett ihrer Mutter gelegen und gedöst hatte. Die Schule war früher aus gewesen, und sie war in einen leeren Wohnwagen zurückgekehrt. Als sich ein Paar Arme um sie geschlossen hatte, hatten sich diese nicht warm angefühlt. Sie waren verschwitzt gewesen und hatten nach ungewaschenem Mann gestunken.

Nein.

Poppys Augen waren in der Gegenwart geschlossen. Sie schloss sie fester. Sie würde nicht dorthin gehen. Sie war hier sicher, tot, und endlich wieder in den Armen ihrer Mutter.

Ihre Mutter hatte sich um den stinkenden Mann gekümmert, der seine schmutzigen Hände in Poppys saubere Unterwäsche gesteckt hatte. Es war

Blut auf dem Bett gewesen, allerdings nicht Poppys. Und dann hatte ihre Mutter Poppy in ihre tröstlichen Arme genommen.

Die Letzte, die sie seitdem gehabt hatte.

Bis jetzt.

Poppy hatte gewusst, dass sie den Tod nicht zu fürchten brauchte. Jetzt konnte sie wieder bei ihrer Mutter sein. Sie würde bis in alle Ewigkeit umarmt werden.

Aber waren die Umarmungen ihrer Mutter schon immer so fest gewesen? Früher hatte sie ihren Körper drehen und wenden können, um ihren Kopf an das schlagende Herz ihrer Mutter zu legen. Jetzt konnte sie das nicht mehr tun.

Die Arme ihrer Mutter waren schon immer dünn gewesen. Nur nicht so dünn wie ein Stück Seil. Außerdem hatte ihre Mutter zwei Arme gehabt, und die waren nicht besonders lang gewesen. Aber irgendwie waren sie um ihre eigenen Arme, ihren Bauch und ihre Beine gewickelt.

Irgendetwas stimmte nicht. Poppy senkte den Kopf, um die aufkommende Übelkeit zu unterdrücken. Ihr Kinn berührte ihre Brust, und ihr Magen krampfte sich zusammen. Sie öffnete die Augen und sah, dass sie tatsächlich umarmt wurde. Seile hielten sie umschlungen, nicht die blassen, von Wunden gezeichneten, von Männern zerschundenen Arme ihrer Mutter.

Einen Augenblick lang starrte sie nur nach unten und bewunderte die Kunstfertigkeit der verschlungenen Seile. Sie wanden sich in einem komplizierten Muster um ihren Körper. Poppy sah aus, als hätte man sie wie ein Geschenk verpackt. Sie wartete darauf, dass sich die Angst in ihr festkrallte, dass das Bedürfnis zu entkommen sie ertränkte.

Es kam nicht. Sie konnte sich des Gefühls des Friedens nicht erwehren, das sie überkam, als sie merkte, dass sie gefesselt war. Sie fühlte sich sicher, geborgen.

Na toll. Sie hatte also im Tod sowohl ihren Verstand als auch ihre Freiheit verloren.

Es war immer noch besser, als mit Bruce in diesem Drecksloch zu wohnen. Es konnte nicht schlimmer sein, eine Sklavin dieses Todesengels zu sein. Wenigstens würde Poppy nicht auf dem Rücken liegen müssen, um ihren Unterhalt zu verdienen.

Zumindest hoffte sie das. Waren die Todesengel lesbisch? Hatten sie Sex? Sie mussten es doch treiben, um Engelbabys zu machen.

Als Teenager hatte sie nach ihrer ersten sexuellen Erfahrung mit einem Jungen überlegt, lesbisch zu werden. Später hatte sie diesen Gedanken verworfen, als Joanna Wilcox, die Prom-Queen und das fieseste Mädchen in der Schule, ihr Coming-out gehabt hatte. Welchen Sinn hatte es, das Team zu wechseln, wenn es auch bei den Lesben brutal zuging?

Sex hin oder her, es gab ein noch schlimmeres Problem in ihrer neuen Art der Gefangenschaft. Ihre Flecken waren zu sehen. Die Seile hatten das Kleid an ihren Schenkeln hochgeschoben. Gefesselt zu sein war eine Sache. Bruce hatte sie auch mal gefesselt. Einmal hatte er sie sogar in einen Schrank gesperrt, weil sie die falsche Biersorte gekauft hatte. Aber so zur Schau gestellt zu werden, das ging gar nicht.

Poppy zappelte. Sie bewegte die Hüften nach rechts und links und versuchte, den Saum ihres Kleides in ihre Hände zu bekommen. Wenn sie nur ein wenig daran ziehen würde, könnte sie die größte Stelle an ihrem rechten Oberschenkel bedecken.

„Hör auf", sagte eine tiefe Stimme. „Du tust dir noch weh."

Poppy tat, was ihr gesagt wurde. Zum Teil wegen

des Befehlstons des Mannes; sie war von klein auf zum Gehorsam erzogen worden. Aber vor allem deshalb, weil es eine männliche Stimme war. Es sah so aus, als würde sie doch wieder auf ihrem Rücken arbeiten müssen. Und das mit einem Mann, dem es gefiel, wenn seine Opfer hilflos und gefesselt waren.

„Ich rieche Angst bei dir, kleines Ding."

Kleines Ding? Wenn das seine Vorstellung von einer Beleidigung war, hatte sie schon Schlimmeres gehört. Pickelige Prostituierte, Trailer Park Tigger, dreckiger Dalmatiner. Die hatte sie überlebt, also konnte sie mit *Kleines Ding* leben. Aber was meinte er damit, dass er Angst roch?

„Niemand und nichts hier würde es wagen, dir etwas anzutun."

Angesichts der Seile, die in ihre Haut drückten, bezweifelte Poppy das. Aber mit einem Mann würde sie nicht streiten. Das brachte nichts als Schmerzen. Aber sie war entblößt, und die Verlegenheit stieß die Worte aus ihrem Mund.

„Bitte, Mister, ich möchte nicht entblößt sein."

„Entblößt?"

Seine Stimme klang, als gehörte sie eigentlich einem Bären. Sie war viel zu tief, um die eines Mannes zu sein. Dann bewegte er sich, und der Raum wurde von Licht durchflutet.

Poppy hatte gedacht, sie befände sich in absoluter Dunkelheit. Aber ihre Augen hatten einfach Zeit gebraucht, um sich an das trübe Licht zu gewöhnen. Als sie das taten, sackte sie in den Seilen zusammen. Ihre entblößten Stellen waren auf einmal vergessen.

Sie war nicht in einem Zimmer. Sie war draußen. Oder vielmehr in etwas, das draußen war. In der Luft lag der Geruch von frischer Erde und die feuchte Kälte, die entsteht, wenn man sich nachts in der Nähe eines Gewässers aufhält. Überall um sie herum waren Felsen. Sie musste in einer Höhle sein. Die grünen Edelsteine, die vom Gestein funkelten, bestätigten diesen Gedanken. Sie war in einer Smaragdmine.

Der Mann, der mit ihr gesprochen hatte, trat in ihr Blickfeld. Er überragte sie und verdeckte das grüne Licht. Das Grün kam jetzt aus seinen Augen, als wären sie aus Smaragden gemacht. Sein Gesicht war unfassbar schön, mit einem kantigen Kiefer und gemeißelten Wangenknochen. Er war gebaut wie ein Wrestler, aber er sah aus wie ein Model, ein Fitnessmodel für ein Bodybuilding-Magazin. Seine prallen Muskeln steckten in einem gelben *Gold's Gym*-T-Shirt über einer grauen Turnhose, die nichts der Fantasie überließ.

Eine große Hand hob sich zu ihrem Gesicht. Poppy machte sich auf ihre erste Bestrafung gefasst. Stattdessen strich die Hand über ihre Wange. Ihre Sanftheit erschütterte etwas in ihr. Noch nie hatte ein Mann sie auch nur annähernd so zaghaft behandelt. Ging es im Totenreich sittsamer zu?

„Ist dir kalt, Kleine?"

„Ich ..." Sie war sich nicht sicher, was sie antworten sollte.

Poppy verstand die Frage nicht. Sie hatte nichts mit ihm oder seinen Bedürfnissen zu tun. Sie schien sich auf sie zu beziehen. Fragte er nach ihrem Wohlergehen? Wie es *ihr* ging?

Alle anderen Fragen zu ihrer Person hatten immer in etwa so gelautet: *Bist du dumm?* Oder *Bist du auf den Kopf gefallen?* Oder *Wo ist mein Essen?*

Der große Mann zog sein Shirt über den Kopf. Poppy wurde mit dem Anblick von Muskeln verwöhnt. Er legte das T-Shirt um sie und hüllte sie in Wärme und seinen Duft. Er war verschwitzt, aber er war weit davon entfernt zu stinken. Er roch nach frischer Luft und angenehmer Wärme – und nach Mann. Sein T-Shirt bedeckte sie von den Schultern bis hinunter zu den Zehen. Als ihre Flecken nicht mehr zu sehen waren, entspannte sie sich und atmete mehr von seinem Duft ein.

„Wie heißt du?", fragte er, während sich der Saum des T-Shirts wie eine Decke um ihren Körper schlang.

„Poppy."

„Pop pee."

„Eigentlich heiße ich Penelope. Aber alle nennen mich Poppy."

Ein Grummeln drang aus seiner Kehle, dann wiederholte er ihren Namen. Wieder und wieder, als wäre es ein Sprechgesang. Poppy starrte auf seinen Mund, als er das tat.

„Ich bin Beryl."

„Hallo, Beryl."

„Hi, Poppy."

Sie grinste ihn wieder an. „Beryl, entschuldige die Frage, aber gibt es einen Grund, warum du mich gefesselt hast?"

„Du wurdest zu deinem Schutz gefesselt", erwiderte er.

„Meinem Schutz? Vor was?"

„Vor mir."

Alle Wärme verließ ihren Körper und hüllte ihre Finger und Zehen in Kälte. „Willst du mir wehtun?"

„Niemals." Das klang so vehement, dass sie ihm glaubte.

„Du wurdest mir als Opfergabe dargebracht",

sagte er. „Den Rest meines Lebens werde ich damit verbringen, für deinen Komfort und dein Wohlergehen zu sorgen."

Wieder ergaben seine Worte keinen Sinn. Opfergabe? Den Rest ihres Lebens? Ihren Komfort und ihr Wohlergehen?

„Du brauchst dir keine Sorgen mehr zu machen. Ich kümmere mich um dich."

Nö. Immer noch kapierte sie rein gar nichts.

„Aber bevor das passiert, muss ich dich markieren."

„Mich markieren?"

„Das wird weh tun. Aber nur eine Sekunde lang. Dann verspreche ich dir nichts als Vergnügen für den Rest deines Lebens."

Ihr Blick war auf seine Lippen und seine Zähne gerichtet, die sich ihr näherten. Sie ertappte sich dabei, wie sie ihm ihren Hals entgegenstreckte. Dann, bevor er sie festhalten konnte, ertönte ein lauter Schlag hinter ihm, und ein weiterer Mann verdunkelte die Türöffnung.

„Halt", knurrte der Neuankömmling. „Ich fordere dich um sie heraus."

„Sie gehört mir!", brüllte Beryl.

Man hörte eine laute Explosion, als der grünäugige Mann und die dunkle Gestalt aufeinandertrafen. Poppys Stimme blieb ihr im Hals stecken. Ihr gefesselter Körper verkrampfte sich. Sie konnte nichts anderes tun, als auf den Kampf zu starren, der sich nun vor ihr abspielte.

KAPITEL FÜNF

Beryl wich Ilias erstem Schlag aus. Das war einfach, denn sein Bruder war so berechenbar wie ein Roboter. Und ebenso langsam. Das war der Grund, warum der Terminator gegen zwei mickrige Menschen verloren hatte. Als Beryl dem Schlag seines Bruders auswich, erblickte er sie: seine Gefährtin.

Poppy.

Sie war alles, was er sich je von einer Gefährtin erhofft hatte. Sie sprach leise, was seiner Bestie gefiel. In diesem Schloss gab es so viel Geschrei und Getue. Sogar Cardi und Chryssie hatten laute Stimmen, und obwohl seine Bestie die beiden liebte, schrak sie jedes Mal zusammen, wenn sie schrien.

Aber nicht seine Gefährtin. Poppy hatte sich nur

gewehrt, weil ihr kalt gewesen war. Ein Versehen seinerseits. Der Göttin sei Dank hatte er sie zugedeckt, bevor Ilia ihren Körper und die schönen Schuppen, die ihre Haut bedeckten, hatte sehen können. Beryls Mund war bei deren Anblick ganz wässrig geworden, begierig darauf, sie zu kosten.

Aufgrund von Ilias Schlag gegen seinen Kopf biss sich Beryl auf die Lippe. Er schmeckte Blut. Es war nicht das, was er auf seinen Lippen haben wollte. Aber es half ihm, einen klaren Kopf zu bekommen.

„Ich fordere dich für sie heraus", rief Ilia.

Sein kleinster Bruder war immer auf einen Kampf aus. Er hatte es aufgegeben, Kimber und Corun herauszufordern, da die beiden nun eine Partnerin hatten und sesshaft geworden waren. Rhoyl würde nur in Drachengestalt kämpfen. Und Elek war es einfach nicht wichtig genug, seine Dominanz zu behaupten. So blieb nur Beryl als Hauptleidtragender von Ilias Wutanfällen, wie Cardi es nannte.

„Sie hat sich bereits für mich entschieden", sagte Beryl.

„Du hast sie nicht markiert", erwiderte Ilia.

„Weil du auf einer Party warst, auf der du unerwünscht warst."

Ilias düstere Miene verfinsterte sich noch mehr,

und Angst legte sich auf seine Züge. Er war nach seiner Geburt unerwünscht gewesen. Ihr Vater hatte Ilia draußen zum Sterben zurückgelassen, weil er geglaubt hatte, er wäre nicht stark genug, um zu überleben. Manchmal glaubte Beryl, dass Ilia nur deshalb hatte leben wollen, um der Bestie von einem Vater zu beweisen, dass er im Unrecht gewesen war.

Beryl hatte nicht vorgehabt, diesen wunden Punkt zu erwähnen, aber er durfte nicht zulassen, dass Ilia seine Verbindung mit seiner Partnerin zerstörte. Er holte zu einem weiteren Schlag aus und traf Ilia. Dieser taumelte zurück. Seine Augen blitzten wie dunkle Jade. Schuppen schoben sich aus seiner Haut, Krallen fuhren aus seinen Fingern. Er sprang auf die Beine und landete auf einem dicken Drachenhinterteil. Feuer flammte aus seinem Maul.

Als Mann war Ilia schmächtig. Aber seine Bestie war ein Ungetüm. Fast doppelt so groß wie diejenige von Beryl. Der Drache hatte den kleinen Jungen, der dem Tod überlassen worden war, beschützt und war zu einem wilden Beschützer herangewachsen. Aber diesen Preis würde Beryl nicht aufgeben. Ilias Drache war außerdem rücksichtslos, rücksichtsloser als Beryls. Er verlor nicht gern und würde zu extremen Mitteln greifen, um zu gewinnen.

Beryl sprang vor Poppy und breitete gerade noch rechtzeitig seine Flügel aus. Die Hitze strömte von den Wänden der Höhle bis zu Beryls Zehen. Er nahm alles auf sich und trug die Hauptlast des Feuers, das sein Bruder so unvorsichtig ausgespien hatte.

„Hör auf!", brüllte Beryl. „Oder du tust ihr weh."

Das war das Einzige, was einen verrückten Drachen jemals beruhigen konnte: eine Frau in Gefahr bringen zu können. Die Flammen erloschen sofort.

Ilias Drache keuchte und sog die Flammen in sich hinein. Er verwandelte sich zurück in seine menschliche Gestalt und stürmte nach vorne. „Es tut mir leid! Es tut mir leid!"

Beryl stieß gegen die Brust seines Bruders und drückte ihn zu Boden. Ilia fiel auf seinen nackten Hintern. Er streckte die Hände nicht aus, um sich abzufangen. Er hob sie nicht, um Beryls harten Tritt in den Bauch abzuwehren.

„Du bist ihrer nicht würdig", knurrte Beryl. „Du kannst nicht einmal deine Bestie beherrschen."

Da redete der Richtige. Gestern Abend hätte er fast einen Mann getötet, weil seine Bestie außer Kontrolle geraten war. Aber in diesem Fall hatte er recht.

Jetzt hatte er jedoch sich selbst und seine Bestie völlig unter Kontrolle. Ilia nicht. Er konnte sie nicht haben. Er hätte sie fast verbrannt.

„Du bist viel zu leichtsinnig für eine Gefährtin."

Ilia ließ den Kopf hängen, ähnlich wie Beryl es nach dem Kampf getan hatte, bei dem er Leander fast getötet hätte. Ilias Schultern sackten zusammen. Obwohl er keinen langen Drachenschwanz mehr hatte, kniff er den Hintern ein, als er aus dem Raum stapfte.

Beryl drehte sich zu seiner Gefährtin um. Ihre Augen waren vor Schreck geweitet. Er nahm ihr Kinn in die Hand und drehte sie so, dass sie ihn ansehen konnte. In dem Augenblick, in dem ihr Blick dem seinen begegnete, schrie sie auf.

Sie hatte den ganzen Kampf über keinen Mucks von sich gegeben. Der Schreck musste nachgelassen haben. Beryl zuckte bei dem schrillen Geräusch zusammen, wartete aber, bis alles aus ihr heraus war.

„Bitte tu mir nicht weh!", flehte sie. „Bitte, ich werde auch ganz brav sein."

„Ich würde nie zulassen, dass dir ein Haar gekrümmt wird."

Ihre Augen waren noch immer voller Angst. Sein Drache wälzte sich in seinem Inneren hin und her.

Ihm gefiel der Geruch ihrer Angst nicht. Er drängte ihn, sein Gesicht zwischen ihren Schenkeln zu vergraben. Das Vergnügen würde die Angst vertreiben. Aber Beryl war nicht der Dummkopf, für den ihn andere hielten. Er wusste es besser. Er wusste, dass sie das nur noch mehr ängstigen würde.

Er wischte ihr die Tränen weg. Sie zuckte zusammen, als er sie mit seinen Krallen stach. Ein kleines Rinnsal aus rotem Blut sammelte sich an seiner Krallenspitze. Er fluchte leise vor sich hin. Er hatte gerade sein Versprechen gebrochen, sie nicht zu verletzen. Aber es war ein Versehen gewesen.

Er musste sich selbst ermahnen, sanft zu sein. Sie war ein Mensch. Sie war zerbrechlich. Sie war kostbar.

Er zog seine Krallen zurück. Der Raum wechselte von leuchtendem Grün zu normalen Farben, während sein Drache sich zurücklehnte und dem Mann die volle Kontrolle überließ.

Beryl machte sich an die Arbeit und löste die Seile, die sie fesselten. Als er fertig war, nahm er sie in seine Arme. Sie wehrte sich nicht. Das half, die Bestie in ihm zu beruhigen. Sie war mit seinem Geruch bedeckt. Sie würde seine Markierung annehmen. Sie würde seine Beanspruchung akzeptieren.

In seiner Umarmung hielt sie still. Die Anspannung rollte in Wellen von ihrem kleinen Körper ab. „Ich will nicht mehr tot sein", wimmerte sie, die Augen fest geschlossen.

„Du bist sehr lebendig, Kleine."

„Ich möchte aufwachen." Sie wiegte ihren kleinen Körper in seinen Armen, als ob sie versuchte, sich selbst zu beruhigen.

Beryl hielt sie fester und schaukelte sie sanft. „Du bist wach, mein kostbares Juwel."

„Was ist hier los?" Ihre Hände waren zu Fäusten geballt und drückten gegen seine Brust. Er konnte spüren, wie ihre Kehle arbeitete, wie sie immer wieder schluckte, als ob sie versuchte, etwas Großes und Bitteres hinunterzubekommen. „Bin ich verrückt, oder hat sich dieser Mann vorhin in einen Drachen verwandelt?"

Beryl nickte. Dann fiel ihm ein, dass sie ihn nicht sehen konnte. „Ja."

„Und du bist auch ein Drache?"

„Das bin ich."

Das Schlucken hörte auf. Ihr Kopf neigte sich nach hinten, und sie sah ihm ins Gesicht. Sie war noch schöner, als sie es eben noch gewesen war. Klein und warm und zart.

Er musste sie beschützen.

„Du hast gesagt, ich sei deine Opfergabe", sagte sie.

„Das bist du", bestätigte Beryl.

„Wirst du mich auffressen?"

Ein verruchtes Lächeln breitete sich auf seinem Gesicht aus.

Poppys Gesicht verzerrte sich. „Bitte, bitte nicht. Ich kann gut arbeiten. Ich werde für dich putzen. Ich kann kochen, nicht gut, aber ich werde es versuchen. Ich kann deine Wäsche waschen, und ich verspreche, sie beim Bügeln nicht zu verbrennen."

„Mein schönes, kleines Mädchen. Du wirst für den Rest deines Lebens keinen Finger mehr rühren müssen. Ich kümmere mich um alles."

Er strich mit seinen Lippen über ihre. Es war kein richtiger Kuss. Nur eine leichte Kostprobe. Er musste nur wissen, wie sie sich anfühlte.

Sie war so weich, wie er es sich vorgestellt hatte. Das leise Keuchen, das ihrem Mund entwich, war so süß. Er könnte für den Rest seiner Tage vom Geschmack ihrer Haut leben und niemals hungrig werden.

Seine Bestie bäumte sich auf. Ein paar Augenblicke lang war der Drache ruhig gewesen. Aber jetzt, wo er zum ersten Mal von seiner Gefährtin

gekostet hatte, wütete er, um wieder heraus-
zukommen.

Beryl hatte sich Zeit mit ihr lassen wollen. Um das letzte bisschen Angst in ihren Augen zu vertreiben. Aber weder Mensch noch Tier konnten auch nur eine Sekunde länger warten, um sich zu nehmen, was ihnen gehörte.

„Ich werde dich jetzt markieren, damit keiner meiner anderen Brüder versucht, dich zu beanspruchen."

Er öffnete den Mund. Der Drache brüllte, als sich seine Eckzähne verlängerten. Bevor er ihr Fleisch schmeckte, schmeckte er ihre Angst. Ihr Wimmern erfüllte seine Ohren. Ihre Stirn zog sich vor Angst in Falten. Aber er konnte sich nicht zurückhalten.

Er schlug mit seinen Zähnen in ihre Schulter. Er biss fest zu, bis er auf den Knochen traf, versenkte seinen Geruch tief in ihrem Körper, bis seine Essenz durch ihre Adern floss. Die Markierung war ein Geben und Nehmen. Während er sie mit seiner Seele fütterte, synchronisierte sich sein Herzschlag mit dem ihren. Ebenso wie er sie als Gefährtin genommen hatte, so hatte sie ihn als den ihren genommen. Mit einem Bissen war Poppy zu seiner ganzen Welt geworden.

KAPITEL SECHS

Sie wurde gebissen. Ein Mann mit Flügeln und grünen Augen biss sie. Er war kein Vampir, er war ein Drache. Aber er könnte trotzdem der Teufel sein.

Das war die einzige Erklärung für das, was sie gerade gesehen hatte. Zwei Dämonen hatten darum gekämpft, wer sie fressen durfte. Sie wünschte sich fast, der andere hätte gewonnen. Sie wollte nicht, dass Beryl, der ihr ein wenig Freundlichkeit entgegengebracht hatte, sie nun zerfleischte.

Poppy öffnete den Mund, um zu schreien, als sich seine Zähne in sie bohrten. Der Laut erstarb auf ihren Lippen. Er wurde durch ein leises, lustvolles Stöhnen ersetzt. Sein Biss tat nicht weh. Er fühlte sich … beinahe wie ein Orgasmus an.

Nicht, dass sie wusste, wie sich einer anfühlte. Sie hatte noch nie einen gehabt. Sie hatte es nur auf Pornoseiten gesehen, wenn Bruce spätnachts wach gewesen war und die Lautstärke so laut eingestellt hatte, dass sie nicht hatte schlafen können. Das hier fühlte sich an wie das, was sie auf seinem Laptop in herrlichstem Technicolor gesehen hatte.

Ihr Körper zitterte und bebte. Sie spürte, wie ihre Temperatur rasant anstieg. Als würde sie Fieber bekommen. Aber sie fühlte sich nicht schwach oder müde wie bei einer Erkältung oder Grippe.

Sie hatte das Gefühl, als würde Beryl ihr Kraft einflößen. Sie schwebte durch die Luft. Dann wurde ihr klar, dass es daran lag, dass er sie hochgehoben hatte.

Sie saß auf seinem Schoß, in einer sanften, warmen Wiege. Er war muskulös und stark. Aber er behandelte sie wie zarte Dessous, die nicht für den normalen Zyklus bestimmt sind.

An einigen Stellen seiner Haut waren noch Schuppen zu sehen. Dunkelgrün wie die Smaragde, die sie umgaben. War sie verrückt geworden, oder sahen seine Flecken aus wie ihre?

Ihre Fingerspitzen berührten sie. Aber als sie wieder hinsah, waren sie verschwunden. Alles, was übrig war, waren seine Muskeln, und davon gab es viele. Sie erwartete Härte, aber sie fühlten sich weich an.

Und er hatte aufgehört, sie zu beißen. Er leckte ihr Blut von seinen Zähnen und saugte dann an seinen Lippen. An seinen Augenwinkeln bildeten sich zarte Fältchen, so wie bei ihr, wenn sie in Schokokekse biss, die gerade aus dem Ofen gekommen waren.

Sie hatte noch nie einem Mann Freude bereitet. Sie hatte nicht gewusst, wie das geht. Sie hatte es nie wirklich gewollt.

Wenn Bruce in ihr Bett gekommen war und nach Straße und billigem Bier gerochen hatte, hatte er einfach ihre Schenkel gespreizt, ein paar Mal rein und raus gestoßen und sich dann umgedreht. Sie war ein Mittel zum Zweck gewesen, und damit hatte sie keine Probleme gehabt. In der Welt, aus der sie stammte, war Sex eine Währung.

Das leise Grummeln aus Beryls Kehle erweckte etwas in ihr. Sie wollte für ihn gut schmecken. Sie wollte eine Delikatesse auf seiner Zunge sein. Sie wollte wenigstens einmal in ihrem Leben von jemandem genossen werden, selbst wenn es im Tod war. Denn sie hatte seinen Biss genossen.

Selbst jetzt waren ihre Schenkel zusammengepresst und suchten nach Halt. Ihre Brustwarzen waren hart geworden. Das taten sie nie, es sei denn, ihr war kalt. Kein Mann hatte jemals eine sexuelle Reaktion bei ihr erwecken können.

Mit seinem Biss hatte Beryl einen Schalter in ihr umgelegt. Sie wünschte, er würde ihre Schenkel spreizen und eine Weile in sie hineinstoßen. Sie wünschte sich, er würde ihre Brüste in die Hand nehmen und etwas von der Spannung aus ihren Brustwarzen herausdrücken.

Aber er tat es nicht. Stattdessen ruhte sein grüner Blick auf ihr. Er suchte in ihrem Gesicht nach etwas.

„Tut mir leid, dass ich dir wehgetan habe. Ich schwöre dir, es wird nie wieder passieren."

„Es hat nicht wehgetan", erwiderte sie. „Na ja, am Anfang vielleicht. Aber dann hat es aufgehört."

Seine Kehle arbeitete, als würde er versuchen, einen riesigen Klumpen hinunterzuschlucken. „Ich bin groß und du bist klein."

Ganz offensichtlich.

„Aber ich schwöre, ich werde dir nicht wehtun."

Sie glaubte ihm. Aber sie hatte auch eine Frage. „Werde ich mich in einen Drachen verwandeln?"

Sie konnte die Hoffnung nicht fassen, die dabei in ihr aufstieg. Wenn sie sich in einen Drachen verwandelte, statt in seine nächste Mahlzeit, würde er sie vielleicht wieder beißen. Vielleicht würde er mehr mit ihr machen wollen, als seine Zähne in ihr zu versenken. Oder vielleicht würde er sie woanders in ihr versenken.

Beryl lächelte sie an. Ihr stockte der Atem, als in seinen Wangen zwei Grübchen aufblitzten. Seine Augen waren jetzt braun, aber in seinen Pupillen glitzerte es grün.

„Natürlich nicht", antwortete er. „Du wirst eine Frau bleiben."

Enttäuschung mischte sich mit Erleichterung. Sie würde kein Drache werden, was schade war. Aber er hatte auch gesagt, dass sie eine Frau und somit ganz bleiben würde. Und das war gut. Vielleicht würde er sie dann wieder beißen.

Sein Blick wanderte hungrig an ihrem Körper hinunter. „Du wirst kurvig und perfekt bleiben."

Poppy schüttelte den Kopf, als ob sie das unangebrachte Kompliment wegwischen könnte. „Ich bin nicht perfekt."

Beryls Lächeln verblasste. Er sah sie verärgert an. „Wenn du noch einmal so über dich sprichst, bin ich gezwungen, dich zu bestrafen."

Jetzt würde es gleich kommen. Poppy zuckte bei seinen Worten nicht einmal zusammen. Sie hatte sie erwartet. Die Gewalt, die sie ihr ganzes Leben lang verfolgt hatte, war nun auch hier angekommen.

Was würde es sein? Ein Schlag auf die Wange? Eine Hand um ihre Kehle? Oder eine Litanei von Beleidigungen aus dem Mund dieses silberzüngigen Drachen.

Sie wollte sich ducken, aber sie konnte nirgendwohin. Er hielt sie immer noch fest. Zwar in einem sanften Griff, aber in einem, der wie ein Käfig aus Muskeln war, aus dem sie sich nicht befreien konnte.

„Du gehörst jetzt zu mir. Sprich nicht von meinem Schatz, als wäre er Dreck. Das werde ich nicht dulden."

Poppy schluckte angesichts der Festigkeit in seiner Stimme. Ihr Gehirn konnte seine Worte nicht begreifen. Er war unzufrieden mit ihr, weil sie schlecht über sich selbst gesprochen hatte?

Was hätte sie tun sollen? So tun, als ob sie etwas wert wäre? Vielleicht sollte sie lieber schweigen.

Als er die verbliebenen Seile von ihrem Körper zog, rutschte sein T-Shirt von ihren Schultern und entblößte ihre unansehnlichen Stellen. Poppy legte ihre Hand darauf, um sich zu bedecken.

„Habe ich dir wehgetan?" Beryl zog ihre Hand weg. „Bist du verletzt?"

„Ich …“

„Ich war sehr vorsichtig mit dir.“

Er wiegte ihren Kopf in seiner Hand. Sein Blick huschte über ihr Gesicht, wanderte über ihre Lippen, dann über ihre Wangen. Seine Augen, die jetzt braun waren, blitzten grün auf, als sie den ihren begegneten.

„Göttin, vergib mir“, flüsterte er voller Reue in seiner tiefen Stimme.

Beryl strich mit dem Daumen unter ihr Auge. Poppy zuckte bei seiner sanften Berührung zusammen. Sie dachte an die Ursache dieses Schmerzes zurück.

„Nein, das warst nicht du“, sagte sie und umschloss seinen Daumen mit ihrer Hand. Sein einer Finger war so groß, dass ihre Hand kaum darum passte. „Das war von … dem letzten Mann, dem ich gehörte.“

Beryl biss die Zähne zusammen, aber seine Hände blieben zärtlich. „Ich werde ihn töten.“

Auch wenn sie Gewalt hasste, lösten diese harten Worte, die so sanft ausgesprochen worden waren, etwas in ihr aus. „Er ist bereits tot.“

Beryl atmete tief ein und langsam wieder aus. Er beruhigte sich zusehends. In der Zeit, die er sich nahm, um sich zu sammeln, spürte Poppy, wie sie von einer nie gekannten Ruhe übermannt wurde. Es war ein neues Gefühl. Sie hatte in ihrem ganzen Leben noch nie einen Moment ohne Angst, ohne Stress, ohne Unruhe erlebt.

Beryl zog ihr das T-Shirt aus und sich selbst an. Poppy verbarg ihre Enttäuschung nicht, dass seine Muskeln nun eine zweite Haut hatten.

„Hat er dir sonst noch etwas angetan?", fragte Beryl.

„Nein." Sie wusste, dass die Lüge in dieser einen Silbe leicht herauszuhören war. Aber sie wollte nicht die lange Liste der Ohrfeigen, Schläge und Tritte durchgehen. Oder der täglichen Beschimpfungen. Oder der sexuellen Übergriffe, die sie hatte hinnehmen müssen, um ihr Überleben zu sichern. Ein starker Mann wie Beryl würde nie verstehen, was sie hatte ertragen müssen, nur um jeden Tag etwas zu essen zu haben.

Sein Blick fuhr fort, ihren Körper zu mustern, wobei er ihren Worten offensichtlich keinen Glauben schenkte. Seine Augen wanderten erneut zu ihren Flecken, und er untersuchte ihre Haut dort genauer. Die Stellen, die durch ihre Krankheit stark verfärbt waren.

„Das sind keine blauen Flecken", sagte sie. „Es ist

eine Krankheit. Aber sie ist nicht ansteckend, oder so."

Beryl strich mit seinen Fingern über den größten Fleck auf ihrem Oberarm. „Das ist keine Krankheit. Es sind Schuppen. Du hast Feuer im Blut."

„Schuppen? Feuer?"

Er nickte und strich mit seinen Fingerspitzen darüber. In seinen Augen spiegelte sich so etwas wie Ehrfurcht. „In deinen Adern fließt das Blut eines Drachen. Deshalb bist du perfekt für mich. Meine perfekte Gefährtin. Mein kostbarer Schatz."

KAPITEL SIEBEN

Poppy in seinen Armen zu wiegen, war für ihn der Höhepunkt eines jeden Tages. Er war den ganzen Tag von Edelsteinen umgeben. Er wusste, wie er sie aus den Felsen, die sie fest in ihrem Griff hatten, herausbrechen konnte, ohne ihnen ihr Funkeln zu nehmen. Poppy funkelte ebenfalls.

Sie hatte Haare wie Flammen, die ihr in Wellen über den Rücken fielen. Er konnte seine Markierung auf ihrer Schulter sehen, rot auf ihrer blassen Haut. Viel zu blass für seinen Geschmack. War sie dort, von wo sie herkam, nicht oft in der Sonne gewesen?

Das machte nichts. Sie würde nie wieder dorthin

zurückkehren. Sie würde für den Rest seines Lebens in seinen Armen bleiben.

Ein leiser Schrei drang von ihren Lippen.

„Was ist los?" Beryl drückte sie an sich und sah sich nach der Gefahr um.

„Nichts."

Als er die Lüge aus ihrem Mund hörte, betrachtete er aufmerksam ihr Gesicht. Er spürte, wie die Wut in ihm hochkochte und ihn verbrannte, als wäre sein Blut eine giftige Gammastrahlung. Er wäre fast ausgerastet und hätte beinahe die Kontrolle verloren. Aber stattdessen winselte sein Drache bei dem, was er sah.

Poppy verzog ihr schönes Gesicht. Sie schien nach Atem zu ringen und zappelte in seinen Armen, als wäre sie in einer Schlinge gefangen.

Es lag an ihm. Er drückte sie mit seinen Armen zu fest an sich.

Beryl lockerte augenblicklich seinen Griff. Er fing sie in letzter Sekunde auf, bevor sie auf den Boden gestürzt wäre. Ihre Augen waren groß vor Schreck, und sie roch nach Angst.

Beryl fiel auf die Knie. „Verzeih mir, mein kostbarer Schatz. Manchmal bin ich mir meiner eigenen Kraft nicht bewusst."

„Es ist okay. Mir geht es gut."

Noch mehr Lügen. In seinem Inneren tobte sein Drache erneut. Warum vertraute ihr Weibchen ihnen nicht? Wahrscheinlich, weil er ihr auf Schritt und Tritt Schaden zufügte. Warum konnte er sich für sie nicht in Bannon verwandeln, einen normal großen, sanften und klugen Mann. Aber wer würde sie dann beschützen, wenn er wieder der schwache Wissenschaftler statt der überragende Hulk wäre?

Beryl stand auf und versuchte, einen großen Bogen um sie zu machen. Sein Drache weigerte sich. Er musste sie wieder berühren.

„Darf ich deine Hand halten?", fragte er. „Ich verspreche dir, dass ich behutsam sein werde."

Er biss die Zähne zusammen, als sie zögerte. Poppy sah ihn an, als würde sie seinen Worten keinen Glauben schenken. Schließlich atmete sie aus. Völlig unverhofft lächelte sie ihn zaghaft an.

Beryl hielt ihr die Hand hin. Poppy legte ihre kleine Hand in seine. Ihre Fingerspitzen waren rau, die Haut aufgerissen.

Hatte sein kostbares Juwel in der menschlichen Welt arbeiten müssen? Damit war jetzt Schluss. Bei ihm würde sie keinen Finger rühren müssen.

Er umschloss ihre Hand und führte sie aus der Höhle. Sie stolperte die Stufen hinunter, und er nahm sie in seine Arme. Es war spät in der Nacht.

Der Mond stand voll und rund über dem Himmel. Beryl breitete seine Flügel aus. Poppy keuchte auf, und ihre Hände legten sich sofort um seinen Hals. Das gefiel Mensch und Tier, denn sein Weibchen suchte bei ihnen Schutz.

Er wäre am liebsten mit ihr über das gesamte Gebiet geflogen. Aber das wäre nicht sicher gewesen. Nicht bei Vollmond und mit einem neu eingetroffenen menschlichen Weibchen. Er würde gegen jede Art von Wandler in diesem Reich kämpfen müssen: Löwe, Bär, Wolf.

Er landete an der Hintertür des Schlosses. Sie schlichen sich leise hinein. Drachen sind nachtaktiv, aber die drei menschlichen Frauen würden schlafen.

Beryl konnte es kaum erwarten, seine Gefährtin Cardi, Chryssie und Miya vorzustellen. Auch wenn Miya nicht darauf reagieren würde, war sie doch für alle eine Art Mutterfigur, und Beryl wollte, dass sie den neuen Schatz sah, den er ausgegraben hatte. Aber vorläufig würde er Poppy für sich behalten und mit seinem Lieblingsplatz im Schloss beginnen: seinem Trainingsraum.

Abgesehen von den Minen war dies der Ort, an dem Beryl die meiste Zeit verbrachte. Gewichte zu stemmen war mehr als nur eine Leidenschaft für ihn, es war eine Lebenseinstellung. In diesem Raum formte er seinen Körper zu einer fein geschliffenen Maschine.

Er wartete auf Poppys Reaktion und versuchte, vor lauter Vorfreude nicht auf und ab zu hüpfen. Ihr Blick wanderte durch den Raum und nahm alles in sich auf. Die Hanteln waren nicht im Regal, sondern draußen gelassen worden. Ein Poster löste sich von der Wand. Jetzt bemerkte er den Schweißgeruch. Und in der Ecke entdeckte er Ilias Unterhose.

Warum hatte er nicht geputzt, bevor er sie hierhergebracht hatte? Sie würde ihn sicher für einen Faulpelz halten.

„Normalerweise ist es viel aufgeräumter", sagte er.

„Nein, es ist schon okay."

Da war er wieder, dieser Satz. *Es ist schon okay.* Ihm wurde klar, dass sie mit diesen Worten eigentlich das Gegenteil meinte.

„Ich mag den *Terminator* auch", sagte Poppy und deutete auf das Poster, das an der Wand hing.

Beryls Kiefer krampfte sich zusammen. Innerlich kochte er bei ihrer Aussage. Er wartete, in der Hoffnung, sie würde die Worte *Es ist schon okay* hinzufügen, aber sie tat es nicht. Seine Gefährtin war ein Schwarzenegger-Fan. Was für ein fieser Scherz des Universums war das denn?

Poppy löste sich aus seinem Griff und ging zu den Gewichten. „Ich kann mich gleich an die Arbeit machen."

„An die Arbeit machen?"

Beryl lief hinter ihr her, als sie sich zu den Hanteln hinunterbeugte. Sie legte ihre Hände um eines der kleinen Zwanzig-Pfund-Gewichte. Er war so abgelenkt, als er die Rundung ihres Hinterns sah, dass er ihre Absicht erst erkannte, als es schon zu spät war. Dann wurde er durch das Stöhnen abgelenkt, das sie von sich gab, als sie an den Hanteln zerrte.

Beryl hob sie mit einer Hand auf. „Was tust du da?"

„Dafür hast du mich doch hergebracht, oder? Um dein Haus zu putzen?" Sie bückte sich, um die Unterhose aufzuheben.

„Du wirst nichts dergleichen tun." Er packte sie an den Schultern und richtete sie auf, weg von Ilias Unterwäsche.

Poppys Gesicht verzerrte sich vor Schmerz und Angst. Ihre Augen waren weit aufgerissen, als sie Beryl direkt anstarrte.

Direkt anstarrte?

Beryl fluchte. Er hielt sie in der Luft. Ihre Füße baumelten ein paar Meter über dem Boden.

Er setzte sie sanft wieder ab. Ihre Hände wanderten zu ihren Schultern, um sie zu massieren, da er sie so fest gehalten hatte. Er legte seine Hände über ihre, um diese Aufgabe zu übernehmen. Sie versteifte sich bei seiner Berührung. Ihre Angst war immer noch da, aber der Geruch war nicht mehr so stark.

„Poppy, es tut mir leid."

„Es ist schon okay."

Es war nicht okay. Ihr Tonfall bestätigte es. „Du bist klein und zart. Ich bin groß und stark."

„Ich bin nicht so empfindlich", erwiderte sie mit ihrer zarten Stimme.

„Ich soll für dich sorgen, dich beschützen. Wie kann ich das tun, wenn schon meine Berührung dir Schmerzen bereitet?"

„Schickst du mich zurück?"

Der Geruch ihrer Angst drang mit voller Wucht in seine Nasenlöcher. Sein Drache blätterte die Schichten ab und fand ihren süßen Duft. Er wollte sich auf sie stürzen. Beryl rang das Biest nieder. Er musste auf seine Gefährtin hören. Er musste diesen Geruch der Angst verstehen.

„Zurück?" Er runzelte die Stirn. „Zurück in deine Welt? Nein, niemals."

Der süße Duft der Erleichterung wehte von

ihrem Körper zu ihm herüber, aber die Bitterkeit der Angst war noch da.

„Willst du mich dem anderen Drachen geben?"

„Ilia? Nein."

Die restliche Säure wurde beiseitegedrängt. Aber sie blieb dennoch bestehen. Sein Drache verlangte, dass er den üblen Nachgeschmack loswurde.

„Du gehörst mir", sagte Beryl. „Mein Leben wird deinem Wohlergehen gewidmet sein."

Sie kaute auf ihrer Unterlippe. Ihre Augenbrauen zogen sich leicht zusammen, als ob ihre Zweifel schwer auf ihrer Seele lasteten. Warum zweifelte sie?

„Was ist mit dem Todesengel?", fragte sie.

„Dem Todesengel?"

„Die Frau mit dem Schwert, die mich hergebracht hat."

„Du meinst die Walküre." Chryssie hatte bei ihrer Ankunft also gedacht, Morrigan wäre ein Todesengel. „Was soll mit ihr sein?"

„Ist sie nicht deine Freundin?"

„Freundin?" Beryl kannte das Wort. Es war ein menschlicher Begriff. Ein Begriff, den er in den Filmen und Fernsehsendungen, die Cardi sah, oft gehört hatte. „Sie ist eine Walküre."

Das schien Poppy nichts zu sagen.

„Ich glaube, sie stehen nicht auf Männer. Sie hat dich im Tausch gegen Edelsteine zu mir gebracht.“

Alle Sorgen und Zweifel fielen von Poppys Gesicht, nur um sofort durch Scham ersetzt zu werden. „Ich bin also eine Hure.“

„Nein!“ Dieses Wort kannte er definitiv aus den Fernsehfilmen. Es war ein Schmähwort für Frauen, die entweder ihren Körper für Geld verkauften oder mit mehr Männern schliefen, als es der kulturellen Norm entsprach.

Er verstand, wie sie auf diese Idee hatte kommen können, da ihre Beziehung mit einem Handel begonnen hatte. Aber die Edelsteine waren lediglich der Lieferdienst gewesen. Er konnte den Schleier nicht überqueren. Jetzt, wo sie hier war, würde sie mit dem größtmöglichen Respekt behandelt werden. Kein anderer Mann würde je Hand an sie legen.

„Wie ich sehe, haben wir eine neue Liebesdame.“ Eleks leise Stimme kam aus der Ecke des Raumes, und er löste sich aus dem Schatten.

Poppys Rücken versteifte sich, ihr Gesicht wurde ausdruckslos. Sie verströmte nicht mehr den Geruch von Angst, sondern ihre Kampf- oder Fluchtreaktion war aktiviert, mit einer eindeutigen Tendenz in Richtung Flucht.

Instinktiv schlang Beryl den Arm um ihre Taille. Seine große Handfläche umspannte ihren ganzen Rücken. Sein Daumen lag auf einer Hüfte, sein kleiner Finger ruhte auf der anderen.

Sie wich nicht vor ihm zurück. Ihr Körper neigte sich zu ihm, als würde sie Schutz suchen. Seine Bestie schnurrte bei dieser Bewegung in seinem Bauch.

„Poppy, das ist mein jüngster Bruder. Sein Name ist Elek."

Elek legte den Kopf schief und hielt Abstand. „Magst du Süßes, Poppy?"

Der stechende Geruch von Poppys panischer Angst schlug Beryl in die Nase. Elek roch ihn offenbar auch, denn er senkte den Kopf, um sich kleiner zu machen. Es war unnatürlich, dass ein Drache, ein mächtiges Raubtier, eine solche Geste machte. Aber Männchen würden alles tun, um einem Weibchen zu gefallen.

Poppy schob sich hinter Beryls großen Körper. Die Tatsache, dass sie seinen Schutz suchte, brachte seine Bestie dazu, sich zu räkeln wie eine Elfe, die ihre erste Frühlingsblüte zeigt.

„Ich habe Süßes und Salziges mitgebracht." Elek präsentierte einen Teller mit Essen. Er reichte ihn Beryl, anstatt sich Poppy zu nähern.

Diese streckte den Kopf hinter Beryls Körper hervor, allerdings nicht allzu weit. Sie beäugte das Essen misstrauisch. Ihre Augen huschten vom Essen zurück zu Elek. „Ist das für mich?"

Elek nickte und hob den Kopf leicht an, um ihrem Blick zu begegnen.

„Du hast mir Essen gemacht?", fragte sie.

„Ich war mir nicht sicher, ob du lieber süß, herzhaft oder salzig magst. Also gibt es von allem etwas."

Auf der Platte befanden sich drei Gerichte: ein herzhaftes Fleischgericht, ein Gemüsegericht, dessen Gewürze Beryl das Wasser im Mund zusammenlaufen ließen, und ein süßes Dessert aus Blumenblüten. Am Tellerrand lag ein bernsteinfarbener Edelstein, der wie ein Tigerauge aussah. Es war Eleks Geschenk an seine neue Schwester.

Als Beryl aufblickte, um sich bei seinem Bruder für das Gericht und die Annahme seiner Gefährtin zu bedanken, war Elek schon wieder in den Schatten verschwunden.

„Ich verstehe das alles nicht", sagte Poppy und starrte auf den Teller mit dem Essen, den Elek ihr hingestellt hatte. „Ich bin nicht hier, um zu putzen oder zu kochen. Du sagst, ich bin keine Hure. Was genau ist dann meine Aufgabe hier?"

„Von mir mit den schönsten Edelsteinen geschmückt und angebetet zu werden."

Der verwirrte Blick auf ihrem Gesicht brachte ihn dazu, sie in die Arme zu nehmen und sie zu küssen. Nur der Wunsch seines Drachen, sie zu füttern, war stärker.

„Lass mich dir zu essen geben, während ich es dir erkläre."

KAPITEL ACHT

Hier ergab rein gar nichts einen Sinn.

Gefesselt gewesen zu sein, hatte sich befreiend angefühlt. Gebissen zu werden, war wie ein Orgasmus gewesen. Und Männer kochten?

Sie war nicht hier, um verspeist zu werden. Sie war nicht hier, um zu sterben. Sie war hier, um diesem sanften Riesen zu gehören, der ihr nur mit den scharfen Spitzen seiner Zähne Vergnügen bereiten konnte.

Poppy folgte Beryl die Treppe des Schlosses hinauf. Hatte sie schon erwähnt, dass sie in einem verdammten Schloss war? Und sie war in einer Smaragdmine gewesen. Die vergangene Stunde war die abenteuerlichste ihres Lebens gewesen, und es hatte gerade erst angefangen.

Anfangs hatte sie ihm nicht geglaubt, aber jetzt wusste sie es. Beryl wollte ihr nichts Böses. Und nicht nur das, er würde auch für sie kämpfen. Das hatte er bewiesen, als sein erster Bruder versucht hatte, sie zu entführen. Und dann hatte er sie beschützt, als sein zweiter Bruder … Na gut, er hatte ihr nur Essen gebracht. Aber Beryl hatte ihre Angst gespürt, und er hatte sie an sich gedrückt, wie es ein richtiger Freund im Fernsehen tun würde.

Er öffnete ihr sogar die Tür. Natürlich führte sie in ein Schlafzimmer. Es war eindeutig das Schlafzimmer eines Mannes. Es war eindeutig Beryls Schlafzimmer.

Natürlich. Das war der Moment, in dem der Fernseher ausgemacht wurde und das wahre Leben begann. Hier würde Poppy ihren Lebensunterhalt verdienen.

Er hatte gesagt, er würde für sie sorgen, sie beschützen und ihr Freude bereiten. Er hatte sie bereits vor seinem Bruder beschützt. Er hielt immer noch das köstlich duftende Essen in seinen Händen, das er ihr geben würde. Aber jetzt war es an der Zeit, die Rechnung zu begleichen, indem sie ihm Vergnügen bereitete.

Sie sah sich an ihrem neuen Arbeitsplatz um. Das Bild, das sie sich von dem Mann, dem sie gehören würde, zu machen begonnen hatte, wurde dadurch runder. Er war definitiv ein Fitness-Fanatiker.

Das war gut für sie. Es bedeutete, dass niemand sie belästigen würde. Und er war so sanft zu ihr.

Abgesehen von den Seilen, die ihr ein Gefühl der Sicherheit gegeben hatten.

Und der Biss, der ihr fast einen Orgasmus beschert hatte.

Die Tür fiel hinter ihr zu. Poppys Blick blieb auf den Möbeln im Schlafzimmer haften. Das Bettgestell war aus einem Turngerät gemacht. Der Rahmen bestand aus Metall, und das Kopfteil aus Stäben und Platten von Bowflex-Geräten. Poppy wusste das, weil sie oft bis spät in die Nacht mit Schlaflosigkeit zu kämpfen gehabt hatte und die Werbespots mit Chuck Norris und Christie Brinkley gesehen hatte.

Trotz der unpassenden Bauelemente sah das Bett gemütlich aus. Poppy hatte in ihrem Leben noch nie trainiert. Sie war immer nur Haut und Knochen gewesen. Beryl hatte sie als kurvig bezeichnet, aber sie war sich nicht sicher, wo er Rundungen sah. Würde er von ihr erwarten, dass sie Liegestützen machte, während er sie mit den Fäusten bearbeitete?

Dann fiel ihr Blick auf etwas auf der anderen Seite des Zimmers. „Du sammelst Puppen?"

Das war ungewöhnlich, aber es linderte ihre Anspannung etwas. Auf der Kommode standen einige Plastikmänner. Ein paar trugen Armeeuniformen, andere bunte Kostüme, hatten aber ihre durchtrainierten Bauchmuskeln entblößt.

„Das sind keine Puppen", protestierte Beryl. „Das sind Actionfiguren."

Er nahm die Hulk-Puppe – Action-Figur – in die Hand und hob ihre Faust.

Bei genauerem Hinsehen erkannte Poppy einige Wrestling-Superstars. Nicht, weil sie sich die WWE anschaute, sondern weil sie die Zeichentrickserie *Hulk Hogan's Rocking Wrestling* kannte, die auf einem der spanischen Sender im Wohnwagenpark gelaufen war. Vor Gewalt war sie immer zurückgeschreckt, aber sie mochte den farbenfrohen Blödsinn außerhalb des Rings zu sehen.

Aber dann waren die Kommode und ihre bevorstehenden Aufgaben auf einmal vergessen, als sie das große Panoramafenster erblickte. Sie trat hinaus auf die Terrasse. Der Anblick raubte ihr den Atem.

Der Mond stand hoch am Himmel, aber sie konnte die Landschaft unter sich sehen. Die Bäume und Blumen sahen aus, als wären sie mit Wasserfarben bespritzt worden. Das blaugrüne Wasser glitzerte unter den Strahlen. Der Anblick der Berge, die hoch in den Himmel ragten, war einfach fantastisch. In der Ferne sah sie Kirchtürme, wie auf einem Renaissancegemälde, nur in einem größeren Maßstab.

„Das ist das Schönste, was ich je gesehen habe", flüsterte sie.

Das würde ihre Aussicht sein? Ein Fernseher war hier nicht nötig. Sie wäre für den Rest ihrer Tage glücklich, selbst wenn sie nie über diesen Raum hinaus reisen könnte.

Beryl stellte sich hinter sie und legte die Ende links und rechts von ihr auf das Geländer, sodass sie eingekesselt war, aber er berührte sie nicht. „Das ist der See Eden da unten. Und dort hinten sind die Berge von Gaia. Im Osten liegt Shephard's Town. Ich werde dir bald alles zeigen."

„Ja?" Sie drehte sich zu ihm um, da sie sehen wollte, ob er seine Worte ernst meinte. Poppy erkannte eine Lüge, wenn sie sie sah.

Beryls Gesicht war ernst. „Natürlich. Alles, damit du diesen Ausdruck auf deinem Gesicht behältst. Du machst mir meinen Job wirklich einfach."

„Deinen Job?"

Er nickte. „Für dich zu sorgen. Dich zu beschützen. Und … dich zufrieden zu stellen."

Poppy konnte immer noch keine Lüge heraushören. Er hatte es ernst gemeint, dass er für sie sorgen und sie beschützen wollte. Aber das mit dem zufrieden stellen hatte er anders ausdrücken wollen.

Beryl kehrte ins Zimmer zurück. Er zog mit einer Hand einen Stuhl heran und stellte mit der anderen das Tablett ab. Er setzte sich und winkte sie zu sich. Poppy kam zu ihm, wie er es ihr bedeutet hatte.

Er hatte nur einen Stuhl hervorgeholt. Sie wusste, dass er meinte, sie solle auf seinem Schoß sitzen. Poppy setzte sich, wie es von ihr erwartet wurde.

Er hob einen Bissen zu seinem Mund. Er pustete darauf. Schmeckte es mit seiner Zunge. Dann bot er es ihr an.

Sie war völlig fassungslos. Er wollte sie füttern, als wäre sie ein Baby. War das sein Fetisch? Selbst wenn es so wäre, würde sie das angebotene Essen annehmen. Sie war hungrig. Und sie fand seine Fürsorge ihr gegenüber erregend.

„Aufmachen", sagte er.

Sie tat, wie ihr gesagt wurde. Er legte ihr den Bissen auf die Zunge. Seine Finger verweilten auf ihrer Wange, während sie ihren Mund schloss und kaute.

„Schmeckt es dir?", fragte er.

Sie nickte und lächelte, während sie schluckte.

„Und was ist damit?" Er legte ihr einen weiteren Happen auf die Zunge. Er war besser als der letzte. „Du magst es süß und pikant, so wie ich."

„Ich mag auch salzig und sauer. Ich bin nicht wählerisch."

„Das bin ich auch nicht." Er grinste, sichtlich erfreut darüber. „Erzähl mir mehr von dir. Ich will alles wissen."

„Da gibt es nicht viel zu erzählen", erwiderte sie, nachdem sie ihm einen weiteren Bissen von den Fingern gekaut hatte. „Ich bin ein Niemand. Ich komme von nirgendwoher. Ich habe nichts getan."

Beryls kniff die Augenbrauen zusammen. Unter den gesenkten Brauen sah Poppy das helle Smaragdgrün, das er beim Kämpfen gehabt hatte. Er war wütend. Dieses Mal war er wütend auf sie.

„Ich habe es dir gesagt", sagte er. „Ich mag es nicht, wenn du meine Gefährtin verunglimpfst."

Da war es wieder, dieses Wort: *Gefährtin*. Es hatte diverse Bedeutungen. In Australien bedeutete es Freund. Im Tierreich bedeutete es Sexualpartner. In manchen Liebesromanen bedeutete es Partner fürs Leben.

Beryl musste damit meinen, dass sie seine Sexpartnerin sein würde. Wozu also die ganze

Verführungskunst? Warum warf er sie nicht einfach auf die Hantelbank und nahm sich, was ihm gehörte? Stattdessen führte er sie zum Essen aus. Na ja, er fütterte sie. Das Essen war so gut, fast wie eine Droge. Nicht, dass sie jemals welche genommen hätte.

Er bot ihr noch mehr Essen an, immer noch mit seinen Fingern. Poppy nahm, was er ihr gab, in der Absicht, ihn nicht wieder grün vor Wut werden zu lassen. Diesmal berührte ihre Zunge seine Fingerspitzen. Es war ein Versehen. Seine Finger waren so groß.

Als sie ihre Zunge wegzog, blähten sich Beryls Nasenflügel. Er verfolgte ihre Bewegung. Seine Augen glühten smaragdgrün, als er sie beobachtete.

Diesmal war es keine Wut. Sie kannte den Blick des sexuellen Verlangens. Er wollte sie. Nicht nur der Mann, sondern auch der Drache in ihm.

Sie hatte nur seine Flügel und ein paar seiner Schuppen gesehen. Er hatte gesagt, ihre Flecken seien Schuppen, wie seine. Aber seine waren wunderschön.

Sie wollte gerne seinen ganzen Drachen sehen. Sie fragte sich, ob seine Schuppen so weich waren wie seine Muskeln. War seine Zunge zweigeteilt?

Wie würden sich seine Lippen auf den ihren anfühlen?

Beryl beugte sich vor, als ob er ihre Fragen gehört hätte. Sie war schon einmal geküsst worden. Es war keine Erfahrung, die sie wiederholen wollte. Vielleicht würde es mit Beryl anders sein. Sie war dabei, es herauszufinden. Bevor seine Lippen die ihren berühren konnten, trennte ein Windhauch sie voneinander. Irgendetwas verdunkelte den Mond.

Beryl fluchte leise vor sich hin und wandte sich von ihr ab.

Als sie aufblickte, sah sie einen anderen Drachen. Nicht die dunklen Schuppen von Ilia. Dieser Drache war blau, wie ein Topas. Er stützte seine schuppigen Arme auf eine sehr menschenähnliche Weise auf das Geländer. Sein Kinn ruhte auf seinen krallenbesetzten Klauen. Er schien zu lächeln.

Beryl stieß einen müden, genervten Seufzer aus. „Poppy, das ist mein Bruder, Rhoyl.“

Rhoyl senkte den Kopf. Er breitete seine blauen Flügel weit aus und hob seinen Körper an. Er war wunderschön, und einen Augenblick lang war sie wie hypnotisiert. Poppy hatte den Eindruck, dass der Drache bewundert werden wollte.

„Hey“, schnauzte Beryl mit rauer Stimme. „Mach

deine Aufwartung und verschwinde. Wir sind hier mitten in etwas."

Aus den langen Nasenlöchern des Drachen entwich ein Hauch von Luft. Lachte er etwa? Rhoyl öffnete sein Maul und ließ einen Edelstein zu ihren Füßen fallen. Es war ein großer, funkelnder Topas.

„Es ist Brauch, dass alle meine Brüder einer neuen Partnerin einen Edelstein schenken", sagte Beryl. „Ein Geschenk, ein Versprechen. Er heißt dich in der Familie willkommen und sagt, dass du unter seinem Schutz stehst."

Sie war in der Smaragdhöhle aufgewacht, die wohl Beryl gehörte. Sie hatte einen Jade-Edelstein von Elek bekommen. Jetzt einen Topas von Rhoyl.

Poppy nahm den Edelstein in ihre Hände. Er funkelte sie an wie ein gefallener Stern.

Rhoyl senkte den Kopf. Er schlug mit den Flügeln und flog in die Nacht hinaus. Sein großer Körper versperrte dem Mond die Sicht, bevor er zwischen den Bäumen verschwand.

„Es ist schon spät", sagte Beryl. „Du bist sicher müde."

Sie war es nicht. Sie wusste, was das war. Ein Trick, um sie ins Bett zu bekommen. Sie zögerte nicht, als er seine Hand nach ihr ausstreckte. Zeit, die Zeche zu zahlen.

Wenigstens glaubte sie nicht, dass Sex mit Beryl so schrecklich sein würde. Sie würde keinen Mucks von sich geben, keine einzige Beschwerde. Sie würde einfach daliegen und sich von ihm so lange und so hart nehmen lassen, wie er es brauchte. Das war sie ihm schuldig für dieses neue Leben, das er ihr ermöglichte.

KAPITEL NEUN

Poppy nahm Beryls Hand, ohne zu zögern. Er liebte das Vertrauen, das sich in ihrem Blick widerspiegelte. Das Gefühl, wenn ihre Fingerspitzen in seine Handfläche glitten, verpasste ihm einen Energieschub. Er drückte sanft ihre Knöchel. Es war ein Versprechen, ein Schwur, dass er sein Leben damit verbringen würde, ihr Vertrauen aufzubauen, so wie er seine Muskeln aufgebaut hatte.

Er hätte es fast übersehen, wenn er nicht so aufmerksam nach Hinweisen auf ihre sensiblen Stellen suchen würde. Poppy zuckte zusammen, als er sie berührte. Ihre zarten Fingerspitzen wurden rot.

„Tut mir leid." Er fasste sie zärtlicher an. „Tut mir leid."

„Es ist okay. Mir geht es gut."

Da war sie wieder, diese Lüge. Sie vertraute ihm nicht. Beim Bodybuilding scheiterten viele daran, mit vielen Wiederholungen Muskeln aufzubauen, weil wiederholte Aktionen kein Muskelwachstum zur Folge hatten. Hier machte er immer wieder die gleiche Bewegung mit seiner Partnerin. Aber sie machte keinen Spaß und baute kein Vertrauen auf. Er ließ Poppys Hand los. Er würde eine andere Taktik ausprobieren müssen.

Im Bodybuilding galt die Maxime, dass man umso mehr Muskeln aufbaute, je mehr Kraft oder Gewichte man einsetzte. Vielleicht musste er das umkehren. Je zarter seine Berührung wäre, desto mehr Vergnügen bedeutete es für sie. Er wusste genau, wo er eine leichte Berührung ausprobieren wollte, und er würde sich dafür nicht auf seine Hände verlassen müssen. Aber zuerst musste er dafür sorgen, dass sie sich wohl fühlte.

„Möchtest du ein Bad nehmen?", fragte Beryl.

„Nein", antwortete sie. „Ich habe geduscht, bevor … bevor ich hierherkam. Kann ich einen Waschlappen haben?"

Einen Waschlappen? So etwas hatte er nicht. Er

hatte nicht einmal ein Handtuch. Er zog es vor, ein Bad im See zu nehmen und sich trocken zu sonnen.

Er zerriss ein Stück von seinem Hemd. Auch wenn es schwer war, ein anderes Muskel-T-Shirt wie dieses zu finden. Seiner Gefährtin zu dienen war es wert.

Er begleitete sie zum Waschbecken und achtete darauf, seine Hände bei sich zu behalten. Was schwer war. Er sehnte sich danach, sie zu halten. Sie wartete, während er das Becken mit frischem Wasser aus dem See füllte, das durch ein System von Rohren hineingepumpt wurde. Poppy griff nach dem Stofffetzen, aber er hielt ihn von ihr weg.

„Bitte", sagte er. „Lass mich es tun."

Er konnte der Gelegenheit nicht widerstehen, sich auf diese Weise um sie zu kümmern. Er führte den Fetzen zu ihren Händen und wischte jeden ihrer Finger ab. Sanft, wie er sich immer wieder selbst ermahnte. Beryl bearbeitete ihren Körper wie eine Zirkelübung. Er fuhr mit dem Fetzen an ihrem Unterarm auf und ab, drehte und wendete ihn, bis ihre Haut feucht war. Er hob den Ärmel ihres Kleides an, aber sie hielt seine Hand zurück.

„Habe ich dir wehgetan?", fragte er.

„Nein", erwiderte sie. „Es ist nur … Ich mag es nicht, bloßgestellt zu werden."

Ihre Hände bedeckten die dunklen Schuppen auf ihrer blassen Haut.

Beryl schaute von der Stelle auf, die sie bedeckte, und hielt ihrem Blick stand. Er wusste ein bisschen was über die weibliche Spezies. Er hatte mit einigen der exotischsten Elfen des Reiches geschlafen. Jede hatte etwas an ihrem Körper auszusetzen gehabt. Ein Blütenblatt, das nicht hell genug war. Ein Stängel, der mehr Weide als Ranke war.

Er hatte früh gelernt, dass es nichts gab, was er hatte sagen oder tun können, um ihre Meinungen über sich selbst zu ändern. Sie schienen es zu mögen, um der Erbsenzählerei willen zu pingelig zu sein.

Er war nicht viel anders. Er sorgte sich um die Größe und Form seiner Muskeln. Er verbrachte unzählige Stunden im Fitnessstudio, unter Gewichten, und schonte sich nicht, um die gewünschten Ergebnisse zu erzielen.

Poppy brauchte keinen Finger krumm zu machen. Sie war bereits perfekt und musste nichts an sich ändern. Er wusste, dass sie seinen Worten keinen Glauben schenken würde, aber vielleicht könnte er ihr die Wahrheit zeigen.

Sie sah zu, ihr Blick war voller Staunen. Er

nutzte ihre Ehrfurcht zu seinem Vorteil. Mit einem letzten Stupser glitt ihre Hand beiseite.

Er streifte den Träger ihres Kleides ab. Ihr Atem stockte, und sie versteifte sich. Die Spannung erfasste ihren gesamten Körper.

Was hatte er getan? Er hatte nur seinen Mund benutzt. Er vergewisserte sich, dass seine Eckzähne noch eingefahren waren. Das waren sie.

„Poppy?"

„Können wir das Vorspiel nicht einfach überspringen?"

Sie ging von ihm weg und langsam zum Bett hinüber, legte sich auf den Rücken und schob ihr Kleid bis zu den Oberschenkeln hoch. Ihr Geschlecht war mit weißem Stoff bedeckt. Der dünne Fetzen war wirklich kein Hindernis. Was ihn davon abhielt, sich auf sie zu stürzen, war der Mangel an Erregung, der zwischen ihren Schenkeln zu spüren war.

„Ist es nicht das, was du willst?" Sie starrte an die Decke, ohne seinen Blick zu erwidern.

Er erhob sich, und seine Bestie pirschte sich an seinen Schatz heran. Sie schien matt und erschöpft zu sein, während sie dort lag.

„Bringen wir es einfach hinter uns", murmelte sie.

„Es hinter uns bringen?", wiederholte er und setzte sich auf die Matratze. Sein Gewicht ließ ihre Hüften nach unten sinken und ihre Brust sich heben. Er sah keine erregten Brustwarzen. Es gab keine Anzeichen von Lust. Beryl benutzte seinen Zeigefinger, um ihr Kinn so zu neigen, dass sie ihn ansehen konnte. Als sie das tat, sprudelten ihre Worte nur so aus ihr heraus.

„Wenn du *Gefährtin* sagst, meinst du sicher Sexualpartnerin. So verdiene ich meinen Lebensunterhalt hier, und ich will bleiben. Ich will auf Entdeckungsreise gehen, wie du gesagt hast. Ich will mehr von diesem Essen essen. Dieser Ort ist ein Paradies im Vergleich zu dem, wo ich herkomme. Verglichen mit jedwedem Ort auf der Erde. Wenn Sex der Preis dafür ist, werde ich bezahlen."

Beryl betrachtete sie und versuchte, die Bedeutung ihrer Worte zu entschlüsseln. Er brauchte länger als sonst, weil er die Schlussfolgerung nicht glauben wollte, zu der sein Verstand gekommen war.

„Du magst keinen Sex?", fragte er.

„Es ist schon okay." Poppy biss sich auf die Lippe. „Du kannst tun, was du willst, und ich werde keinen Aufstand machen."

„Was immer ich will?"

Beryl schluckte. Ihm kam die Galle hoch. Er wollte nach Walhalla gehen und den Bastard, der ihr das angetan hatte, ausweiden. Stattdessen strich er mit den Fingerspitzen über die Sorgenfalten auf ihrer Stirn. Aber Beryl wusste, dass es nicht an seiner Berührung lag. Er wusste, dass er sanft war. Es war die Berührung von jemand anderem, die sie abstieß.

„Ich möchte, dass du weißt, dass *Gefährtin* bedeutet, dass du zu mir gehörst. Es bedeutet auch, dass ich zu dir gehöre. Allein dein Anblick besänftigt die Bestie in mir. Sie würde alles tun, um dir zu gefallen. Alles, um dich zum Lächeln zu bringen, damit du dich sicher fühlst. Zweitens, was zwischen uns ist, geht über das Sexuelle hinaus. Ich bin bereit, dir meine Seele zu geben, Poppy."

„Oh."

Sie sprach das Wort ehrfürchtig aus. Aber es war wie die Ehrfurcht vor einem Gott, der unsichtbar war. Einer, von dem sie nicht sicher war, dass er existierte.

Beryl beugte sich herunter und berührte ihre Lippen. Sie waren nachgiebig. Sie öffnete ihren Mund für ihn, blieb aber ansonsten unbeweglich.

Er war unerschrocken. Wer immer sie zuvor

geküsst hatte, hatte nicht gewusst, was er tat. Beryl war anders.

Bald erwiderte sie seinen Kuss und öffnete ihre Lippen noch mehr. Er führte seine Hand an ihre Wange und neigte ihren Kopf. Seine Hand glitt ihren Hals hinunter zu ihren Schlüsselbeinen. Es kostete ihn alles, den Kuss zu unterbrechen. Der Drache wollte nicht aufhören, aber er musste sich einer Sache sicher sein.

„Hast du jemals …" Er mochte nicht an sie mit einem anderen Mann denken.

„Das habe ich", bestätigte sie. „Ich mag es nur nicht. Das tut mir leid. Ich bin nicht gut darin. Aber ich werde stillhalten, während du deinem Bedürfnis nachgehst."

„*Stillhalten, während ich meinem Bedürfnis nachgehe?*" Beryl holte tief Luft.

Von all den Dingen, an die er gedacht hatte, als er endlich seine Gefährtin kennengelernt hatte, war ihm dies nicht in den Sinn gekommen. Sie mochte keinen Sex? Sie mochte es kaum, berührt zu werden. Sie mochte es definitiv nicht, angeschaut zu werden. Sowohl Mann als auch Bestie brauchten all das zum Überleben.

Wie sollte er seine zauberhafte Gefährtin angesichts dieser Hürden für sich gewinnen?

KAPITEL ZEHN

*P*oppy hatte die Moderatoren von Reisesendungen schon oft sagen hören, dass Reisen einen veränderte. Die gewohnte Umgebung zu verlassen brächte neue Erfahrungen, neue Kulturen, Menschen, Orte, Sehenswürdigkeiten, Geschmäcker und Geräusche mit sich. Der Ort, an den sie am liebsten hatte reisen wollen, war die Fidschi.

Der Inselstaat bestand im Grunde genommen aus einer Kette von Stränden. Stränden mit Wasser in allen Farben, von weiß über türkis bis hin zu smaragdgrün. Als sie in Beryls smaragdgrüne Augen blickte, hatte sie das Gefühl, dass Wellen über sie hinweg spülten.

Sie hatte sich immer weggedreht, wenn Bruce

über ihr gewesen war. Jetzt konnte sie den Blick nicht von Beryls Gesicht und Körper abwenden. Da war ein goldener Fleck in seinen grünen Augen. Obwohl er sehr muskulös war, hatte er ein bisschen Babyspeck an den Wangen. Poppy wollte mit ihren Fingern über deren Haut streichen. Aber sie konnte es nicht. Er hielt sie fest.

Das hätte ihr eigentlich die Schrecken von Bruces sexuellen Übergriffen ins Gedächtnis zurückrufen sollen. Aber die Erinnerung daran wurde durch die Wärme von Beryls Brust an ihrer verdrängt. Sein Körper war eine willkommene Last. Die Wärme, die von ihm ausging, war nicht bedrückend. Sie war tröstlich, als läge man in einer Hängematte in der Sonne.

Sie fühlte sich von der Brise geküsst. Sie fühlte sich in seinen starken Armen geborgen. Und dann berührten seine Lippen ihre.

Poppy hatte den Reiz des Küssens nie verstanden. Die meisten Prostituierten machten sich nicht die Mühe. Es war eine Sache, wenn ein Mann seinen Schwanz in einen hineinsteckte. Ein Kondom schützte vor den meisten Krankheiten. Aber es gab keinen Schutz vor einer Zunge, die einem in den Rachen gesteckt wurde.

Beryl schob seine Zunge nicht in ihre Kehle.

Seine Lippen berührten ihre. Bei der sanften Berührung dachte sie an einen Strand, wie sie dort stand und das warme Wasser ihre Zehen umspülte, nur, dass ihre Zehen ihre Lippen waren. Und doch krümmten sich ihre Zehen, als das Wasser in ihren Gedanken ihre Knöchel berührte, denn während Beryls Lippen zärtlich über ihren Mund leckten, lagen seine Finger auf ihren Fußknöcheln.

Poppys Gedanken schwebten davon, während ihr Körper in einem Meer der Lust ertrank. Die erste Berührung seiner Zunge ließ ihren Körper wie auf einer Welle auf und ab wogen. Nur gab es kein hartes Aufprallen, nur ein sanftes Plätschern.

Die Flut stieg, aber nicht seine Hände. Sie ruhten auf ihrer Wade und kneteten sie sanft. Sie hatten es nicht eilig.

Wollte er nicht zur Hauptshow kommen? Er hatte seine Hose noch an. Aber er war eindeutig erregt. Sie spürte, wie sein riesiger Schwanz gegen ihren Bauch drückte.

Beryls war definitiv größer als Bruces. Sie würde nicht in der Lage sein, ihn zu ignorieren, während er sein Bedürfnis in ihr befriedigte. Je mehr sie das Ziehen und Drücken seiner Hände, das sanfte Lecken seiner Zunge spürte, desto neugieriger war sie darauf, wie er sich in ihr anfühlen würde.

Sie war tatsächlich an dieser Erfahrung interessiert. Sie wollte ihn sehen. Sie fühlte sich wie ein neuer Mensch, als sich ihre Lippen zu seinen erhoben. Sie mochte seinen Geschmack. Sie genoss seine Berührungen. Sein leises Knurren war wie Musik in ihren Ohren.

Beryl hatte sie auf eine Reise mitgenommen. Einen Urlaub, bei dem sie ihren eigenen Körper in einem neuen Licht erleben konnte. Sie streckte die Hand nach ihm aus, wollte ihn berühren. Aber er hielt sie fest.

„Ich möchte Bruce für dich sein."

„Bruce?" Poppy wich vor Beryl zurück. Warum sollte er ausgerechnet jetzt ihren brutalen Ex erwähnen?

„Bruce Bannon, aus *Der unglaubliche Hulk*. Er war sanft. Er war ein Mensch."

„Ich will keinen Menschen", sagte sie.

„Aber du hast Angst vor mir", sagte er.

Angst war das Letzte, was sie hatte. Zum ersten Mal in ihrem Leben empfand Poppy Verlangen nach einem Mann. Dieses Verlangen kühlte nicht ab, als sie spürte, wie sich etwas Kaltes um ihr Handgelenk legte.

Sie schaute hinüber und sah, dass Beryl ihre Handgelenke mit einer Goldkette zusammengebunden hatte. Er befestigte das andere Ende der Kette am Metallrahmen des Bettes. Mit den Händen über dem Kopf wurde ihr Körper straffgezogen. Diese Position führte dazu, dass sie zwischen ihren Schenkeln ganz feucht wurde.

„So ist es besser", sagte Beryl. „Es wird helfen, die Bestie in Schach zu halten."

„Die Bestie?"

„Meinen Drachen. Ich will nicht, dass er rauskommt, während ich dich befriedige."

„Würde er mir wehtun?"

„Nein. Niemals. Aber er kann schwer zu kontrollieren sein, und ich will dich nicht erschrecken."

„Es ist schon okay."

Beryls Kiefer spannte sich an. Es war, als könnte er die Lüge in ihrer Stimme hören. Sie hatte keine Angst, nicht vor seinem Drachen. Nicht vor dem Mann. Aber Sex bedeutete ihr nichts.

Sie wollte ihm gefallen, weil sie sich wünschte, dass er sie behielt. Sie wusste nur, dass sie darin nicht gut war. Und Beryl sah aus, als hätte er Erwartungen an sie.

Bruce hatte das nie getan. Er hatte einfach ihre Schenkel gespreizt, ein paar Mal rein und raus gestoßen und sich dann umgedreht. Das hatte ihren Tagesablauf kaum unterbrochen.

Aber Beryl hatte sie eine ganze Viertelstunde lang geküsst, und er hatte eine Antwort verlangt. Glücklicherweise hatte er die meiste Arbeit erledigt, während sie sich einfach hatte treiben lassen.

Er hatte sie ans Bett gefesselt. In dieser Position konnte er nicht allzu viel von ihr erwarten. Oder doch? Sie wusste es nicht. Was sie wusste, war, dass er spürte, dass etwas nicht stimmte.

Poppy korrigierte ihren Gesichtsausdruck. „Mir geht es gut", wiederholte sie.

Er fuhr mit seinem großen Finger über ihre Stirn und hinunter zu ihrer Wange. „Ich werde dir nicht wehtun."

Seine Hand lag immer noch auf ihrem Oberschenkel. Sie wanderte ein Stückchen nach oben, unter ihr Kleid. Ihr Körper versteifte sich, als er ihre Scham fand.

Er spielte an den äußeren Rändern ihres Geschlechts. Warum machte er seine Hose nicht auf? Und warum beschwerte sie sich? Was er tat, fühlte sich unglaublich an. Sie wusste, dass er bald aufhören würde, um sein Vergnügen zu haben. Am besten genoss sie es, solange es andauerte.

Sein Daumen zog Kreise um ihr Geschlecht. Poppy begann zu keuchen. Die ganze Zeit über beobachtete Beryl sie, als wäre *sie* die Reisesendung und er der Zuschauer, der fasziniert war von dem Anblick, der sich ihm bot. Und von den Geräuschen. Denn sie gab eine Menge unverständlicher Laute von sich, die eindeutig nicht Englisch waren.

Poppys Körper spannte sich an, als er diese bestimmte Stelle, die sich so gut anfühlte, umkreiste. Sie zog an den Fesseln an ihren Handgelenken, wollte ihn berühren. Ihre Beine zitterten, und sie spreizte sie weiter als eine Dirne.

Sie flog, sie schwebte. Die Farben waren heller. Die Töne waren klarer. Sein Geschmack auf ihren Lippen war die köstlichste Delikatesse.

Beryl küsste sie, während sie auf einer Welle der Lust ritt. Als sich ihr Körper zu beruhigen begann, führte er einen Finger in sie ein. Poppy keuchte auf. Sein Finger war größer als Bruces kleiner Schwanz. Nein, sie konnte nicht still liegen bleiben und das ignorieren.

Poppy schrie auf, als sich ihr Körper hin und her wand. Sie atmete aus und wappnete sich für das Eindringen seines Schwanzes. Aber er zog seinen Finger zurück.

„Es tut mir so leid, Poppy."

Wie bitte? Was tat ihm leid? Sie wollte ihn fragen, aber sie fand keine Worte. Und sie wollte es auch nicht. Beryl befreite sie von ihren Fesseln und nahm sie in seine Arme. Wenn sie nie wieder in ihrem Leben irgendwo anders hingehen würde, wenn sie nie wieder etwas anderes erleben würde, wäre das in Ordnung, denn diese Erfahrung war schon mehr als genug gewesen.

KAPITEL ELF

Er hatte sich noch nie Gedanken um seine Größe gemacht. Sie war für ihn immer etwas Positives gewesen. Seine Größe und seine Muskeln hatten ihm beim Kämpfen geholfen. Sie hatten ihn zu einem der Besten gemacht. Dadurch waren die Elfen hinter ihm her gewesen.

Aber nicht seine Gefährtin.

Poppy war so zart, so klein. Sie konnte nicht einmal seinen Finger in sich aufnehmen. Er konnte sich nicht vorstellen, wie sie jemals seinen Schwanz, der deutlich breiter und länger als sein Finger war, aufnehmen sollte.

Darum hatte er sich bei den Elfen nie Sorgen gemacht. Die rankengleichen Frauen waren biegsam und hatten sich seinem Körperumfang leicht angepasst. Aber Poppy? Sie war klein und bestand aus zerbrechlichen Knochen, nicht aus Lianen. Wie sollte er das schaffen?

Sie schmiegte sich jetzt in seine Arme. Ihr Körper war erschlafft und gesättigt. Seiner war rasend vor Verlangen, in ihr zu sein, sie zu beanspruchen und sie im wahrsten Sinne des Wortes zu der seinen zu machen. Aber so ging es nur *seinem* physischen Körper. Sein Drache war behäbig.

Es war die Bestie gewesen, die aufgehört hatte, als Poppy vor Schmerz gekeucht hatte. Der Mann hatte sie nicht gehört. Er hatte weitermachen, sie mit seinen Fingern weit dehnen wollen, bis sie bereit für ihn gewesen wäre.

Aber vielleicht würde sie nie bereit für ihn sein. Seinem Drachen war das egal. Er wollte sie nur halten und beschützen. Der Mann wollte, dass sich ihr kleiner Körper an seinen großen schmiegte.

Sein Tier knurrte leise in seinem Bauch. Beryl stimmte zu, dass das in nächster Zeit nicht passieren dürfte. Seine Selbstbeherrschung hatte er fest im Griff. Er hatte sich Sorgen gemacht, dass er sie verletzen könnte und nicht in der Lage wäre, sich zurückzuhalten. Aber das würde nie geschehen. Er würde eher sterben, als seiner Gefährtin etwas zuleide zu tun.

Sie vertraute ihm nicht völlig. Er merkte das an ihren immer gleichen Antworten. Aber sie war auf dem Weg der Besserung. Das würde er nicht zerstören. Ihm war ihre Meinung über ihn das Wichtigste.

Er massierte die Stellen an ihren Handgelenken, wo die Kette sie festgehalten hatte, und ergötzte sich an ihr. Am meisten Vergnügen bereitete es ihm zu sehen, wie sie sich bei seiner Berührung entspannte.

Sie hatte überrascht gewirkt, als hätte sie nicht gewusst, dass ein solches Vergnügen für ihren eigenen Körper möglich war. Aber sie kannte Sex. Er wusste das von den Worten, die sie gesagt hatte.

Du kannst tun, was du willst, und ich werde keinen Aufstand machen.

War sie in ihrem Leben auf der Erde verletzt worden? War sie von einem Mann entführt worden, der ihrer nicht würdig gewesen war? Er musste es erfahren, damit er wusste, wen er zu töten und zu zerstückeln hatte.

„Poppy?"

Sie legte den Kopf schief, ihr Blick war schläfrig.

„Damals auf der Erde, warst du … Hat dich jemand verletzt?"

Sie verkrampfte sich in seinen Armen. Er hätte sich am liebsten selbst in den Hintern getreten. Er wollte ihr Freude bereiten, kein Schmerzen, auch wenn es nur eine Erinnerung war.

„Ja", sagte sie.

„War es der Mann, mit dem du hergekommen bist?"

Sie setzte sich kerzengerade auf. „Er ist hier?"

„Nein. Er ist nach Walhalla gebracht worden. Dort wird er tausend Tode durch die Hand der Walküre sterben. Die Frau, die dich hergebracht hat, Morrigan. Sie bestraft schlechte Menschen."

„Oh, du meinst Bruce. Na gut. Das hat er verdient."

„War da noch ein anderer Mann?"

Sie sah weg. „Das spielt keine Rolle. Er ist schon vor langer Zeit gestorben. Meine Mutter hat ihn getötet. Er hat mich angefasst, als ich ein Kind war."

Beryl wollte sie an sich ziehen und ihren Körper nie wieder loslassen. Aber er wusste, dass das nicht gut ankommen würde. Er kam sich vor wie ein Vollidiot, weil er sich an ihrem ersten Tag auf sie gestürzt hatte. Er hätte ihr mehr Zeit lassen sollen. Das würde er jetzt tun.

Er stand vom Bett auf. „Ich werde dich jetzt verlassen."

„Warum? Habe ich etwas falsch gemacht?"

„Nein. Nein, du bist perfekt. Aber ich habe dich

zu dem hier gezwungen." So war er eben, ein Rohling. Er hatte dasselbe mit seiner Mutter und seinen Brüdern gemacht.

„Du hast mich nicht gezwungen", sagte Poppy.

„Du wolltest es nicht."

„Ich habe dir gesagt, du kannst tun, was du willst."

Beryl schüttelte den Kopf. „Es sollte genau andersherum sein. Ich sollte tun, was *du* willst."

„Mir hat gefallen, was du mit mir gemacht hast. Ich hätte nichts dagegen, wenn du es wieder tun würdest. Besonders das Küssen."

Er beugte sich vor und küsste sie. Eine sanfte Berührung seiner Lippen. Ein winziges Zupfen mit den Zähnen.

„Ich bin nicht von Natur aus sanft", sagte er. „Aber ich werde mich sehr bemühen, um das zu sein, was du brauchst."

Sie sah ihn fragend an, als ob sie seine Worte nicht verstanden hätte.

„Was brauchst du?", fragte er.

Sie blinzelte, als ob ihr noch nie jemand diese Frage gestellt hätte.

„Du musst schlafen."

„Bleibst du?" Sie ergriff seine Hand, als er sich erhob. „Ich möchte, dass du bleibst."

Beryl legte sich zurück auf die Matratze. Er öffnete seine Arme für seine Gefährtin, und sie kam zu ihm. Jetzt war er stolz auf seine Größe. Sie legte ihren Kopf auf seine Brust und schmiegte sich an ihn.

„Schlaf, meine Kleine. Morgen wirst du den Rest der Familie kennenlernen."

„Und zeigst du mir dann die Gegend?"

„Was immer du wünschst."

Er spürte ihr Lächeln an seiner Brust.

Beryl atmete ein und seufzte. Er würde sie dahin bringen, wo immer sie hinwollte. Er würde an ihrer Seite bleiben müssen, da er sie noch nicht beansprucht hatte, und er würde jeden Gestaltwandler töten, der es wagte, ihn um sie herauszufordern.

KAPITEL ZWÖLF

Es ging alles so schnell.

Vor Kurzem hatte Poppy noch geglaubt, sie wäre tot. Dann war sie dem verführerischsten Mann geopfert worden, den sie je in ihrem Leben gesehen hatte, der aber gar kein Mann war. Schließlich hatte er um sie gekämpft. Dann hatte sie ihren ersten Orgasmus überhaupt gehabt. Und jetzt lernte sie seine Familie kennen.

So funktionierte das alles doch gar nicht. Hätten sie und Beryl nicht wenigstens miteinander ausgehen sollen, bevor sie dem Rest des Drachenclans vorgestellt wurde?

„Wir sind so froh, dass du hier bist!", rief Cardi. Die junge Frau war gekleidet wie Madonna in den 80er Jahren. Die Träger ihres BHs lugten aus dem

Ausschnitt ihres engen T-Shirts hervor, und sie trug ein Rüschenkleid mit kurzen Leggings und Schuhe mit hohen Absätzen. Ihr Make-up war neonpink, und zwar so grell, dass Poppys Augen schmerzten.

Neben ihr nickte Chryssie enthusiastisch. Sie trug ein einfaches Sommerkleid und Sandalen und war dezent geschminkt. Doch eben noch hatten die beiden Frauen auf den Rücken von Drachen gesessen, die über dem Schloss durch die Lüfte geflogen waren.

Poppy hatte beobachtet, wie die beiden Tiere sanft mit ihrer Fracht gelandet waren und sich dann in sehr nackte, sehr männliche Männer verwandelt hatten. Gott sei Dank hatten sie sich etwas angezogen, bevor sie ins Haus gekommen waren.

Kimber und Corun lächelten sie höflich an. Beide neigten die Köpfe, als wäre sie eine Königin. Die ganze Zeit über stand Beryl direkt hinter ihr und lächelte voller Stolz.

Etwas an der Art, wie Beryl sie ansah, bereitete Poppy ein warmes Gefühl am ganzen Körper. Sie war schon einmal der Besitz eines Mannes gewesen, aber nie sein kostbarer Schatz. Beryl betonte immer wieder, dass sie beides war. Sie kannte ihre Pflichten als Haussklavin. Jedoch wusste sie nicht, wie sie etwas Besonderes sein konnte.

„Komm, ich zeige dir alles", sagte Cardi und ergriff ihre Hände. „Bestimmt hast du dir noch nichts angesehen, seit du Beryl gevögelt hast."

„Cardi, das ist unhöflich", mahnte Chryssie.

Cardi fletschte die Zähne. „Lass mich raten: Du hast seine Juwelen in den Minen gesehen?"

„Ja", erwiderte Poppy.

„Wahrscheinlich warst du in seinem Trainingsraum."

„Ja."

„Und du hast sein Schlafzimmer gesehen, richtig?"

„Ja."

„Sonst noch etwas?"

Nein, aber Poppy hatte die Augen nach dem Petting nicht offenhalten wollen. Sie hatte noch nie einen Mann so gewollt. Bei Beryl fühlte sie sich sicher und beschützt. Er ließ sie ihre Zweifel, Ängste und Sorgen vergessen. Mit nur einer Berührung seiner Lippen verscheuchte er sie alle, und sie konnte sich nicht mehr erinnern, wie sie sich angefühlt hatten.

„Dann komm." Cardi zerrte an ihrem Ärmel. „Die drei haben etwas zu besprechen. Wir werden dir dein neues Zuhause zeigen."

Chryssie zuckte mit den Schultern, als wollte sie

sagen, dass es sinnlos sei, mit der jungen Frau zu streiten. Poppy hatte das Gefühl, dass Cardi meistens, wenn nicht sogar immer, ihren Willen durchsetzte. Warum sonst würde sie herumlaufen, als wäre sie in den Achtzigern stecken geblieben, obwohl sie eindeutig erwachsen war.

Bevor sie Cardi hinterherlaufen konnte, schlang Beryl seine große Hand um ihre Taille. Er zog sie für einen atemberaubenden Kuss zu sich heran. Als er sie losließ, um Luft zu holen, wurde sie rot vor Verlegenheit. Sie schaute zur Seite und sah, wie Corun Chryssie zärtlich küsste. Dabei strich er mit einer Hand über ihren Bauch.

Als Poppy sich zu Kimber und Cardi umdrehte, sah sie, wie Cardi einen Schritt auf Kimber zu machte. Er sah sie missbilligend und mit zusammengekniffenen Augen an und hob eine Hand.

„Benimm dich", sagte Kimber mit kiesiger Stimme.

Cardis Gesicht verzog sich wie das eines Kindes, das kurz vor einem Wutanfall steht. Aber sie unterdrückte diesen und ergriff wieder Poppys Hand. Die drei Frauen gingen einen Gang entlang, während die Männer einen anderen entlanggingen.

Je weiter sie sich von Beryl entfernte, desto mehr fühlte sich Poppy beraubt. Sie kannte den Mann erst seit einem halben Tag, und sie fühlte sich ohne ihn verloren. Wie war das nur möglich?

„Das ist die Männerhöhle“, sagte Cardi.

Sie öffnete eine Tür und gab den Blick auf Spielkonsolen und Großbildfernseher frei. Ilia saß auf der Couch und spielte eines der Spiele. Er stand, als sich die Frauen näherten. Als er Poppy sah, schlug er die Augen nieder.

„Was hast du getan?“, fragte Cardi.

Für Poppy sah sie aus wie eine kleine Schwester, die ihren älteren Bruder schalt.

„Ich habe Beryl für sie herausgefordert.“

„Natürlich hast du das.“ Cardi wandte sich wieder an Poppy. „So macht man das hier. Ihr Vater hat Kimber für mich herausgefordert.“

„Ilia hätte mich dabei fast verbrannt“, fuhr Poppy fort.

Cardi warf Ilia einen strengen Blick zu. „Du weißt, was zu tun ist.“

Ilia trat vor Poppy und fiel auf die Knie. „Gott, ich bin so erbärmlich. Vergleiche dich niemals mit mir, okay. Du hast alles, und ich habe nichts. Das verdammte Rapunzel, stimmt’s? Die Schule würde wahrscheinlich schließen, wenn du nicht auftauchen würdest.‘“

Poppy trat einen Schritt zurück. Sie sah die

beiden Frauen an. Chryssie seufzte und schüttelte den Kopf. Cardi nickte Ilia zustimmend zu.

„Was redet er da?", fragte Poppy.

„Er entschuldigt sich", antwortete Cardi.

„Das ist Bender, der mit Claire spricht", sagte Chryssie, als ob Poppy doch eigentlich wissen müsste, was das bedeutet. „Du weißt schon, aus *Breakfast Club – Der Frühstücksclub*. Lass es ihn einfach hinter sich bringen."

„„Schrauben fallen immer wieder heraus"", fuhr Ilia fort. „„Die Welt ist ein unvollkommener Ort.""

Er stand auf und bot ihr einen Jadestein an. Poppy zögerte einen Moment, nahm ihn dann aber an. Der glatte Stein lag schwer in ihrer Hand.

„Ähm, danke", sagte sie. „Und es sei dir verziehen. Ich glaube nicht, dass du mich umbringen wolltest."

„Ich habe versucht, dich einzufordern. Ich hatte mir die nächste Opfergabe reserviert, aber Beryl hat meine Reservierung nicht respektiert. Das zeugt nicht gerade von gutem Sportsgeist."

Poppy war sich nicht sicher, wie sie darauf reagieren sollte. Sie kam aus einer Welt, in der man mit Geld Reservierungen tätigen konnte. Jetzt war sie ein Objekt der Begierde. Zumindest war ihr klar, dass Beryl nicht die Absicht hatte, sie mit jemandem zu teilen.

„Du gehörst jetzt zur Familie", sagte Ilia. „Und ich werde dich mit meinem Leben beschützen, denn du bist jetzt meine Schwester."

„Deine Schwester?"

„Ja, natürlich. Du bist die Gefährtin meines Bruders."

Chryssie kam und schob sich unter Ilias Arme. „Sie wirken zwar anfangs ein wenig angsteinflößend, aber sie sind die süßesten Jungs überhaupt."

„Nenn mich nicht süß", sagte Ilia. „Das schadet meinem Image als harter Typ von der Straße."

„Hier gibt es keine Straßen", erwiderte Chryssie. „Jeder geht, läuft oder fliegt."

„Alle?", fragte Poppy. „Gibt es hier noch mehr Menschen?"

„Menschen? Nein. Elfen, Löwen, Wölfe, Bären, Walküren – ja."

„Was?"

„Hat Beryl dir das nicht erklärt? Das hier ist der Garten Eden. Der Ort, an dem Gott, der eigentlich eine Frau ist, seine biologischen Experimente durchführte. Willst du es sehen?"

Wollte Poppy, die noch nirgendwo auf der Welt

gewesen war, ein magisches Land voller mythischer Kreaturen sehen?

„Ja.“

„Ihr solltet auf eure Gefährten warten“, sagte Ilia.

„Sie sind in einer langweiligen Besprechung“, erwiderte Cardi.

„Was? Das hat mir niemand gesagt“, schnaubte Ilia. Er drehte sich um und stürmte aus dem Zimmer.

„Außerdem wurden die beiden beansprucht“, rief Cardi Ilia hinterher. „Und niemand wird mich anfassen, weil ich zu Kimber gehöre. Uns wird nichts passieren.“

KAPITEL DREIZEHN

„Glückwunsch, Bruder."

Kimber klopfte Beryl auf die Schulter. Das Lob von seinem älteren Bruder tat gut. Kimber hatte oft geseufzt und sich in den Nasenrücken gekniffen, wenn Beryl mit männlichen Elfen gekämpft hatte, oder mit anderen Wandlern im Reich – oder mit seinen Brüdern im Schloss. Oder bei Kämpfen im Allgemeinen.

„Ja", sagte Corun. „Sie ist eine schöne Frau. Und es sieht so aus, als hätte sie nicht versucht, dich zu töten. Das ist ein Pluspunkt."

„Poppy ist alles, was ich mir von einer Partnerin wünschen kann. Klug, schön und stark in Körper und Geist." Auch wenn sie durch das, was die

Männer in ihrer Welt ihr angetan hatten, traumatisiert war.

In seinem Inneren knirschte der Drache mit den Zähnen. Poppy war jetzt hier bei ihm. Kein anderer Mann würde sie jemals anrühren. Nicht, wenn er noch alle seine Gliedmaßen behalten wollte.

„Wie viel hast du für sie bezahlt?" Kimbers Frage klang krass, aber als der Älteste war es seine Aufgabe, auf die Schätze der Familie aufzupassen.

„Für eine Opfergabe ist kein Edelstein zu schade", verkündete Beryl.

Coruns sonst so ernstes Gesicht verzog sich bei Beryls ausweichender Antwort zu einem breiten Lächeln. Er hatte seinen gesamten Vorrat an Rubinen aufgegeben, um seine Braut zu behalten. Zuerst hatte Corun Chryssie in die Welt jenseits des Schleiers zurückgeschickt, weil er gedacht hatte, das würde sie vor den Drachenbabys retten, die in ihrem Bauch heranwuchsen. Nur um festzustellen, dass sie auf der anderen Seite mit Sicherheit an dem Feuer sterben würde, das durch ihr Blut floss. Er war also auch hinübergegangen, um sie zurückzuholen. Der Preis für den Eintritt eines Drachen in die Menschenwelt war der Tod. Doch er hatte diesen Preis umgangen, indem er den Walküren seinen gesamten Schatz angeboten hatte. Die wilden

Kriegerinnen hatten sich wie frisch geschlüpfte Vögel über die glänzenden Perlen gefreut und die Minen mit mehr Edelsteinen verlassen, als sie hatten tragen können.

Beryl hatte Coruns Handeln damals für verrückt gehalten. Aber auch er liebte Chryssie, und wenn es nötig gewesen wäre, hätte er seinen eigenen Schatz eingebracht, um sie hier zu behalten. Jetzt hatte er selbst einen Schatz.

Kimber hingegen war ein echter Geschäftsmann. Er leitete den Bergbaubetrieb mit Kalkül und bestand darauf, dass jeder seiner Brüder eine wöchentliche Bilanz einreichte. Er war der Vince McMahon der Minen. Nachdem er das Geschäft von ihrem Vater nach dessen Tod übernommen hatte, hatte Kimber das Vermögen der Familie um einiges vervielfacht. Aber im Gegensatz zu McMahon war Kimber kein Showman. Er blieb lieber hinter den Kulissen und zählte das Geld. Jetzt sah er Beryl mit stählernem Blick an, um zu erfahren, wie viel er von dem gemeinsamen Vermögen subtrahieren musste.

„Ich habe der Walküre gesagt, sie soll sich nehmen, was sie will", sagte Beryl. „Ich habe nicht nachgesehen, wie viel sie mitgenommen hat."

Kimber seufzte und kniff sich erneut in den

Nasenrücken. Als er seine Hand wegzog, blieb dort ein roter Fleck zurück. Dessen Farbe verblasste angesichts der Scherereien seiner Brüder, seiner Gefährtin und der Aufgaben im Schleier nur selten.

„Wir haben allein schon wegen Corun einen herben Rückschlag erlitten, da er wieder bei Null anfangen musste." Als er von Coruns Deal mit den Walküren erfahren hatte, hatte Kimber wochenlang gemeckert. „Elek und Ilia leisten kaum einen Beitrag. Rhoyl verbringt seine Tage mit Sonnenbaden und seine Nächte mit Jagen, also ist er so gut wie nutzlos. Und dann ist da noch Folgendes: Ich habe gehört, dass du beinahe einen von Leonas Jungen getötet hättest."

Beryl verzog den Mund. Er hatte gehofft, dass sein Bruder das nie erfahren würde. Kimber wusste von Beryls Teilnahme an den Kämpfen, die Leona organisierte. Beryl war immer stolz auf seine Siege und verkündete sie stets lautstark. Bis auf das, was gestern Abend mit Leander passiert war.

„Meine Bestie geriet außer Kontrolle", sagte er.

„Wann lernst du endlich, dass, wenn du einen auf Hulk machst, ich hinterher alles wieder in Ordnung bringen muss."

Wenn sie die Fernsehsendungen über den *Unglaublichen Hulk* gesehen hatten, hatten sich

Kimber und Corun immer mit dem schlauen Wissenschaftler identifiziert, wohingegen jeder der Drillinge von dem grünen Ungetüm fasziniert gewesen war. Natürlich hatte Kimber sich auf Bannons Seite schlagen müssen. Beryl vermutete schon lange, dass sein großer Bruder bei ihrem letzten Wrestling-Kampf André the Giant anstelle von Hulk Hogan angefeuert hatte.

„Es wird nicht wieder vorkommen", versicherte Beryl. „Ich habe nicht vor, grün zu werden. Ich habe meine Gefährtin gefunden. Meine gewaltige Bestie ist jetzt ruhiggestellt."

Sein Tier hatte den Kopf nicht mehr erhoben, seit es zwischen Poppys Schenkeln hervorgekommen war. Zum ersten Mal, seit er ein Jungtier gewesen war, hatte Beryl nicht das Bedürfnis, zu rennen, ein Gewicht zu stemmen oder sich in irgendeiner anderen Weise körperlich anzustrengen. Alles, was er wollte, war, seine Gefährtin an sich zu drücken.

„Das ändert nichts an der Tatsache, dass Leona eine Entschädigung für die lebensbedrohliche Verletzung ihres Jungen gefordert hat", sagte Kimber.

„Leander ist kein Jungtier mehr", protestierte Beryl. „Er ist ein ausgewachsener Löwe. Und er lebt.

Ich habe schon Schlimmeres mit euch beiden angestellt."

„Wie dem auch sei, sie ging zu den Walküren und bat um Hilfe. Sie stimmten zu. Du wurdest mit einer Geldstrafe belegt."

„Wie viel?" Beryl hatte den Verdacht, dass Leonas Kämpfe nicht nur dazu dienten, die Aggressionen ihrer eigenen Söhne abzubauen. Sie alle wussten, dass das Einzige, was ein Wandlermännchen besänftigen konnte, eine Gefährtin war. Die Kämpfe brachten Münzen, Edelsteine und Edelmetalle ein, die von den Zuschauern und den Wetten stammten. Das Geld, das den Walküren gegeben wurde, war die einzige Möglichkeit, um Gefährtinnen in den Schleier zu schaffen.

Kimber reichte Beryl ein Stück Pergament. Beryl riss die Augen weit auf, als er den Betrag sah, der dort in der Mitte geschrieben stand.

„Das ist Wahnsinn!", rief er. Jetzt war er es, der sich in die Nasenwurzel kniff.

„Du wirst zwei Wochen brauchen, um diesen Betrag abzubauen", sagte Corun. Sein Bruder konnte Summen schnell und einfach im Kopf berechnen.

„Am besten, du machst dich an die Arbeit", sagte Kimber.

„Gut", brummte Beryl. „Ich werde alles zusammenbekommen. Kann ich wenigstens arbeiten, nachdem ich meine Gefährtin beansprucht habe?"

„Du hast sie noch nicht beansprucht?", fragten Kimber und Corun unisono.

„Sie ist gerade erst angekommen." Beryl zuckte mit den Schultern.

Kimber und Corun sahen einander an. Kimber kniff die Lippen zusammen. Corun atmete tief ein.

„Ich habe sie markiert", sagte Beryl. „Aber … Sie ist so klein und zart."

„Du wirst sie nicht zerreißen", sagte Corun. „Die menschliche Vagina ist dafür gemacht, sich zu dehnen."

„Sag das mal unseren Müttern …", entgegnete Beryl.

Ein leises Knurren drang aus den Kehlen der beiden anderen Männer. Das Thema ihrer Mütter war ein wunder Punkt, denn keine der Frauen hatte ihre Söhne aufwachsen sehen. Sie waren alle als Mörder in diese Welt geboren worden. Aber Beryl war der Schlimmste gewesen.

Bei seiner Geburt hatte er seine Mutter auseinandergerissen. Natürlich war er sich seiner Tat als Welpe nicht bewusst gewesen. Aber sein Vater hatte es ihm deutlich zu verstehen gegeben, sobald er alt genug gewesen war.

Beryl hatte nicht nur seine Mutter getötet, als er auf die Welt gekommen war, sondern auch seine Brüder im Mutterleib fast verhungern lassen. Deshalb war Ilia als Kleinster geboren worden, und Rhoyl hatte nicht die Kraft gehabt, in seiner menschlichen Gestalt zu bleiben.

„Sex ist etwas anders", sagt Corun.

Beryl wollte dieses Gespräch nicht mit seinen Brüdern führen. „Ich brauche nur Zeit. Ich will ihr nicht wehtun."

„Sie für dich zu beanspruchen, sollte deine oberste Priorität sein", sagte Kimber. „Neben all der Arbeit, die wir verrichten müssen, um unseren Verlust wiedergutzumachen und voranzukommen. Vor allem angesichts der Tatsache, dass wir zwei Männer und zwei frisch Verheiratete verloren haben. Falls noch weitere Opfergaben unterwegs sein sollten, bezweifle ich, dass wir es jemals schaffen werden."

„Zumindest werden jetzt wieder mehr Drachen geboren", sagte Corun. „Es besteht nicht mehr die Gefahr, dass wir die letzten unserer Art sein werden."

„Vor allem, wenn Kimber irgendwann Cardi beansprucht", ergänzte Beryl.

Kimber verzog das Gesicht. „Sie ist noch ein Kind."

„Kinder haben nicht solche Kurven, Bruder", erwiderte Beryl.

Kimbers Knurren ließ die Dielen erbeben. „Sprich nicht so von ihr!"

„Kinder lösen auch nicht diese Art von Reaktion bei ihren Gefährten aus", so Corun.

Kimber wandte sich von seinen beiden Brüdern ab. Beryl hatte nie verstanden, warum sein Bruder so lange damit gewartet hatte, seine Gefährtin zu beanspruchen. Er hatte sie markiert, aber er hatte sie nie mit ins Bett genommen, um sie zu der seinen zu machen.

Cardi war noch ein Kind gewesen, als sie hergekommen war, erst 17 Jahre alt. Niemand würde ein junges Mädchen anfassen, das noch nicht bereit war, beansprucht zu werden. Hinter dem Schleier verlief die Zeit anders. Auf der anderen Seite waren über 30 Jahre vergangen, aber hier war Cardi lediglich zu einer reifen, jungen Frau herangewachsen. Dennoch wollte Kimber sie nicht beanspruchen.

Zum Glück wussten und akzeptierten alle, dass sie ihm gehörte. Niemand würde sie anrühren. Und wenn sie es doch täten, müssten sie sich mit dem mächtigsten Drachen des Reiches anlegen.

Niemand wusste, dass Poppy zu Beryl gehörte. Nur, wenn er Anspruch auf sie erheben würde, könnte sie sich draußen bewegen, ohne dass Löwen, Bären oder Wölfe versuchen würden, selbst ein Recht auf sie geltend zu machen.

„Wie ich sehe, habt ihr es nicht für nötig gehalten, mit dem Meeting zu warten, bis ich hier bin." Ilia stellte sich in die Mitte des Raumes und warf jedem seiner Brüder einen Blick zu, den Cardi *Stinkeblick* nannte.

„Wir haben kein Meeting", sagte Corun.

„Dann redet ihr also hinter meinem Rücken?", fragte Ilia.

„Beryl hat uns nur von seiner neuen Gefährtin erzählt", erwiderte Kimber. „Du hast sie bereits kennengelernt."

Ilia verzog das Gesicht. „Ich habe sie als Zweiter gesehen, aber ich hatte sie für mich reserviert."

Beryl warf seinem Bruder einen wütenden Blick zu, dann wandte er ihm den Rücken zu. „Ich höre mir das nicht noch einmal an. Wenn du mich brauchst, ich bin bei meiner Gefährtin. Apropos, wo hast du die Frauen gelassen, Ilia?"

„Ich habe sie nirgendwo gelassen. Sie sind in die Stadt gegangen."

Beryls Nackenhaare stellten sich auf. Ein eisiger

Schauer lief ihm über den Rücken. Seine Flügel entfalteten sich bereits, bevor er aus dem Fenster gesprungen war, um zu seiner Gefährtin zu gelangen, bevor sie einen Fuß in die Stadt setzen und von einem anderen Männchen gerochen werden konnte.

KAPITEL VIERZEHN

Für eine Frau, die noch nie irgendwo gewesen war, war dies eine verdammt gute erste Reise außerhalb des Vertrauten. Poppy hatte immer gedacht, sie würde keine unbekannten Orte mögen. Dass ihr eine klar umrissene Welt gefiel. Als sie sich in der Weite des Schleiers befand, wurde ihr klar, wie falsch sie gelegen hatte.

Dieser Ort war surreal. Es war, als würde sie durch einen Fernsehbildschirm laufen, in hoher Auflösung. Die Farben der Bäume waren leuchtend und strahlend. Als sie zum Himmel hinaufschaute, hätte sie schwören können, dass sie auf die Unterseite einer Kristallkugel blickte, so klar war er, und so leuchtend blau. Es sah aus, als hätte jemand eine

Schachtel mit Buntstiften fallen lassen, die auf einer Leinwand geschmolzen waren.

Poppy hatte Mühe zu glauben, was ihre Augen ihr vermittelten. Sie achtete darauf, nur auf dem Kiesweg zu gehen, denn die Pflanzen öffneten die Augen und sahen zu ihr auf. Ein paar hoben ihre Blätter und winkten ihr zu.

„Du weißt doch, dass man sagt, die Bäume hätten Ohren", sagte Chryssie. „Nun, vor langer Zeit war das einmal so. Hier ist es immer noch so."

Poppy beobachtete weidenartige Pflanzen, die auf kräftigen Stämmen umherliefen. Einige sahen eher menschlich als pflanzlich aus. Ein paar hatten sogar Flügel wie Schmetterlinge.

Chryssie und Cardi erklärten ihr, dass Pflanzen die ersten Lebewesen gewesen waren, die sich an Land entwickelt hatten. Als sie das getan hatten, waren sie empfindungsfähig geworden. Die Göttin hatte an ihrer DNA herumgebastelt, bis sie mit ihr und untereinander hatten kommunizieren können. Es gab einige Pflanzen, die sich selbst entwurzelten und tagsüber auf ihren Stängeln herumliefen, nachts jedoch wieder in die nährstoffreiche Erde sanken und sich dort ernährten. Diese Pflanzen, oder Elfen, wie sie sich gerne nannten, verließen den Garten und betraten die Welt der anderen Lebewesen.

Viele ihrer ursprünglichen Geschöpfe lebten immer noch hier im Garten. Pflanzen waren nicht die einzigen Wesen, an denen die Göttin herumgebastelt hatte. Sie hatte auch mit denen herumexperimentiert, die die Menschen als Dinosaurier kannten. So waren die Drachenwandler entstanden. Sie hatte auch versucht, aus Wölfen, Löwen und Bären Menschen zu machen.

Auch die Architektur innerhalb des Schleiers war unglaublich. Viele Bauwerke waren aus der sie umgebenden Landschaft herausgearbeitet worden. Es gab einige Pyramiden, viele kuppelartige Gebäude, aber hauptsächlich große, rechteckige Gebilde, die den Hochhäusern der menschlichen Welt ähnelten. Nur waren die meisten kaum höher als drei Stockwerke. Das gab den Blick frei auf das unberührte Land, so weit Poppy sehen konnte.

„In welchem Teil der Erde befinden wir uns eigentlich?", fragte sie.

„So kann man das nicht bezeichnen", erwiderte Cardi. „Wir befinden uns auf einer anderen Ebene des Seins. Von hier aus kann man so ziemlich jeden Teil der Welt erreichen."

„Ich könnte also von hier aus jeden Punkt der Erde erreichen?", fragte Poppy.

Wo immer sie hinwollte? Wie Montenegro oder Malta oder sogar Miami?

„Ja", antwortete Cardi. „Menschen können raus und rein gehen, weil sie in beiden Reichen existieren können. Elfen auch."

„Wow", machte Poppy und hatte das Gefühl, dass ihr die Welt zu Füßen lag. „Beryl und ich könnten also Urlaub machen, ohne irgendwohin zu fliegen?" Oder vielleicht würde er sie auf seinem Rücken sitzen lassen, so wie Corun und Kimber Chryssie und Cardi geflogen hatten. Sie war noch nie in einem Flugzeug gewesen, aber sie würde gerne auf einem Drachen reiten.

„Die Drachen können nicht weg", erwiderte Chryssie. „Sie sind hier gefangen."

„Gefangen? Warum?", fragte Poppy.

„Die Göttin hat die Drachenwandler nicht geschaffen, um in beiden Welten leben zu können", sagte Chryssie. „Wenn sie über den Schleier in die Menschenwelt gehen, werden sie krank und sterben. Deshalb waren wir auch alle krank, als wir dort lebten."

Chryssie betrachtete Poppys Arm. Unter dem Ärmel des T-Shirts, das sie heute Morgen angezogen hatte, lugte ein Fleck hervor. Poppy trug ein legeres T-Shirt, schwarze Leggings und Puma-

Turnschuhe, die eine Nummer zu klein waren. Sie zerrte an den Ärmeln des Shirts, aber es war nicht dehnbar genug, um ihre Flecken zu bedecken.

„Ist schon gut." Chryssie legte eine Hand auf Poppys. „Du bist eine von uns."

Eine von uns. Poppy hatte nie zu jemandem gehört, der nicht mit ihr blutsverwandt gewesen war, wie ihre Mutter. Oder einem Zuhälter, der sie ausgenutzt hatte, wie Bruce.

„Du hast Feuer im Blut", sagte Chryssie. „Wir haben auch Feuer im Blut. Wir sind Nachkommen von Drachen."

„Ja, es gab eine Opfergabe, die entkommen ist", mischte sich Cardi ein. „Sie schaffte es zurück über den Schleier, aber sie war schwanger. Sie bekam zwei Söhne. Aus irgendeinem Grund zeugten diese Söhne nur Mädchen."

„Weil nur die Töchter überlebten", ergänzte Chryssie. „Du weißt schon, Frauenpower und so."

„Ganz genau!", erwiderte Cardi grinsend und hob ihre Hand für ein High Five von den beiden.

Poppy schlug mit ihrer neuen Freundin ein. Das Klatschen der Handflächen versetzte Poppy einen Stromstoß. Der Ärmel ihres T-Shirts rutschte ganz hoch. Sie griff nicht danach, um ihn wieder herunterzuziehen.

„Wie dem auch sei", fuhr Chryssie fort. „Wir waren nicht dazu bestimmt, in dieser Welt zu überleben. Wir sind dazu bestimmt, hier zu sein. Hier gehören wir hin."

Zum ersten Mal in ihrem Leben hatte Poppy das Gefühl, dass sie dazugehörte. Sie gehörte zu diesen beiden Frauen. Nicht nur, weil sie ebenfalls rothaarig waren. Nicht nur, weil sie beide unheilbare Krankheiten gehabt hatten. Sie spürte, dass auch sie in ihrem alten Leben Ausgestoßene gewesen waren. Aber hier waren sie alle kostbare Schätze.

„Wir sind da", verkündete Cardi. „Ich danke der Göttin, denn ich bin am Verhungern. Das hier ist mein Lieblingsrestaurant im gesamten Schleier. Ich komme immer hierher, wenn Kimber mich von seiner Leine lässt."

Poppy blickte auf und sah ein Gebäude, das wie eine Scheune aussah, die aus großen Holzbrettern und -balken bestand. Über der Tür prangte die Aufschrift *God's Teet*.

Die großen Flügeltüren standen weit offen, und aus dem Inneren drangen köstliche Gerüche und lautes Gelächter. Drinnen sah Poppy weitere Blumenwesen. Weiße Lilien mit violetten Augen und grünen Gliedmaßen. Stämmige, große Männer mit grünem, buschigem Haar.

Ganz hinten im Raum stand ein Käfig. Dort wischte eine große männliche Elfe den Boden. Das Wasser, das er benutzte, war rot gefärbt, als ob er Blut aufgewischt hätte.

„Bist du sicher, dass es hier sicher ist?"

Cardi schaute in die Richtung, in die Poppy starrte. „Ach, das. Dort finden die Käfigkämpfe statt."

Käfigkämpfe? Sie hatte sie im Fernsehen gesehen, wenn Bruce sie sich reingezogen hatte. Die Männer hatten dort mit nackten Oberkörpern und barfüßig gekämpft. Sie waren in einem Käfig eingesperrt gewesen, zusammen mit einem Schiedsrichter, und hatten einander zu Brei geschlagen. Poppy hatte sich das nie lange ansehen können.

„Dein Beryl ist der Champion des Schleiers", sagte Cardi.

Beryl? Er kämpfte in diesem Ding? War das sein Blut? Oder hatte er andere bluten lassen?

„Kimber lässt mich nie mitkommen, um mir die anzusehen. Er denkt, das wäre nicht angemessen für jemanden in meinem Alter, als wäre ich zwölf oder so."

Cardi ging auf einen Tisch mit Elfen zu. Sie

stemmte die Hände in die Hüften und starrte sie an. Nach fünf Sekunden war der Tisch leer.

Mit einem Glitzern in den Augen wandte sie sich wieder an Chryssie und Poppy. „Es ist schön, die Königin zu sein."

„Sind wir hier wie Königinnen?", fragte Poppy und nahm einen der frei gewordenen Plätze ein.

„So ziemlich", erwiderte Cardi. „Die Drachen stehen hier an der Spitze der Nahrungskette. Na ja, abgesehen von den Walküren."

„Kimber ist der König?"

Cardi zuckte mit einer Schulter. „Er ist der Älteste und der Stärkste."

Poppy verzog den Mund. Nach dem Aussehen der Drachenwandler zu urteilen, hätte sie gesagt, dass ihr Beryl der Stärkste wäre. Aber sie sprach das nicht aus. Nicht vor ihren allerersten Freundinnen. Doch Chryssie warf ihr einen Blick zu, als wüsste sie, was Poppy dachte, und zwinkerte ihr zu.

„Wie lange seid ihr beide schon hier?", fragte Poppy.

„In menschlicher Zeit seit etwa zwei Monaten", erwiderte Chryssie. „Aber auf dieser Seite des Schleiers läuft die Zeit anders. Es ist wahrscheinlich schon ein halbes Jahr, oder so, in unserer ehemaligen Welt vergangen. Cardi ist schon viel länger hier."

Cardi kleidete sich, als hätte sie vor 30 Jahren in der menschlichen Welt gelebt. Aber sie sah keinen Tag älter als 20 aus.

„Ich wollte schon immer etwas wissen", sagte Cardi. „Auf der anderen Seite … Haben Zach und Kelly tatsächlich geheiratet?"

„Wer?", fragte Poppy.

„Aus *Saved by the Bell*", erläuterte Chryssie.

„Oh, ja. Nach der Spin-off-Show *The College Years*. Vor zehn Jahren gab es ein Special zur Hauptsendezeit und …"

„Nein." Cardi hielt sich die Ohren zu. „Sag nichts mehr. Ich will es nicht wissen. Es ist nicht gut, seine Zukunft zu kennen. Doc Brown hat uns das in *Zurück in die Zukunft* gelehrt."

„Na, ja", sagte Chryssie. „Aber im zweiten Film haben sie …"

Cardi nahm die Hände von ihren Ohren. „Es gibt einen zweiten *Zurück in die Zukunft*-Film?"

Poppy beschloss, ihr nicht zu sagen, dass sich das Franchise zu einer Trilogie entwickelt hatte.

Das Licht im Raum wurde schwächer. Poppy schaute hinüber und sah zwei große Männer, die die Bar betraten und dabei die Sonne verdeckten. Einen

Moment lang dachte sie, einer von ihnen wäre Beryl. Aber beide Männer hatten dichte Mähnen blonden Haares.

„Großartig", seufzte Cardi. „Hier kommt der Ärger. Lasst mich unsere Drinks holen, bevor die Löwen jeden Tropfen wegsaufen."

Sie erhob sich von ihrem Stuhl und machte sich auf den Weg zur Bar. Aber einer der riesigen Männer – oder Löwenmänner – stellte sich ihr in den Weg.

„Mmm," schnurrte der Löwe. Der Mann trug kein Hemd und hatte eine behaarte, goldene Brust. „Es geht nichts über den Geruch von süßem Fleisch am Nachmittag."

„Schleich dich, Ari", sagte Cardi, verdrehte die Augen und schüttelte ihre Haare.

„Lass sie in Ruhe, Ari", mahnte der Löwe neben ihm. Der Mann hätte Aris Zwillingsbruder sein können, nur, dass seine Mähne bis knapp über seine Schultern geschnitten war, wohingegen Aris Mähne über seinen gesamten Rücken fiel. „Du weißt, wem sie gehört und was er tun wird, wenn er erfährt, dass du sie angefasst hast."

„Halt die Klappe, Izem!", fuhr Ari dem anderen Mann über den Mund. „Wir können doch beide riechen, dass dieser Schlappschwanz von einem

Drachen ihre Blütenblätter immer noch nicht ausgezupft hat."

Als Rothaarige war es schwer, seine Gefühle zu verbergen. Peinlichkeit, Wut, Freude – all das zeigte sich anhand roter Flecken auf dem Gesicht. Cardi sah aus wie eine Rübe. Aber sie behauptete sich vor den beiden großen Männern. Für Poppy war klar, dass in ihren großen Augen keine Angst lag, sondern eine Mischung aus Scham und Wut.

„Was mit meinen Blütenblättern passiert, geht dich nichts an, du Fleischsack. Und jetzt geh mir aus dem Weg, sonst wachst du morgen mit einer Dauerwelle in deinen schönen Haaren auf!"

Es war wie David, der gegen Goliath antrat. Cardi war winzig im Vergleich zu den Löwen. Aber Ari blinzelte zuerst.

In diesem Augenblick wusste Poppy zweierlei. Erstens: Sie würde Cardi niemals verärgern. Zweitens: Sie wollte einmal genau wie Cardi sein.

Ari trat zur Seite. Das Geräusch seiner knirschenden Backenzähne und seiner sich ballenden Fäuste erfüllte den Raum. Auch Izem trat einen Schritt zurück, aber er tat es mit einem Grinsen.

Cardi entfernte sich von ihnen. Als sie das tat, wehte ein Lufthauch durch die Türen. Er brachte Poppys Haare durcheinander. Die Löwen reckten ihre Nasen in die Höhe. Als sich der Staub in der Luft gelegt hatte, richteten sich zwei glühende Augenpaare auf Poppy.

„Ein unberührter Mensch?" Aris Stimme war leise, tief und raubtierhaft.

Poppy kam sich vor wie eine Gazelle in der Sahara, die, nachdem sie entdeckt worden war, nicht mehr weglaufen konnte. Chryssie ergriff ihre Hand unter dem Tisch und machte ein grimmiges Gesicht.

„Sie ist nicht unberührt", sagte Cardi, marschierte zurück zu ihnen und schob ihren kleinen Körper zwischen Poppy und die Löwen. „Das ist Beryls neue Gefährtin. Er hat sie gestern Abend für sich beansprucht. Stimmt's, Poppy?"

Poppy brauchte nichts zu sagen. Wie peinlich ihr das Ganze war, konnte man auf ihren Wangen und an ihrem Hals sehen. Sogar ihre Arme waren knallrot.

„Beryl hat mich gebissen." Es war ihr todespeinlich, das zuzugeben. Sie würde ihnen bestimmt nicht erzählen, was sie sonst noch getrieben hatten, nicht einmal angesichts der Aussicht, von zwei Löwen gefressen zu werden.

„Und er hat dich gevögelt", ermutigte Cardi sie. „Richtig?"

„Ähm …“

Cardi wirbelte herum und starrte Poppy an. „*Ähm* ist in dieser Situation nicht die richtige Antwort.“

„Wir haben … Sachen …“

„Aber du wurdest nicht gebumst? Hat er Registerkarte B in Schlitz A eingeführt?“

Poppy öffnete den Mund und schloss ihn dann wieder. Wieder einmal brauchte sie nicht zu antworten, denn sie war wieder puterrot geworden.

KAPITEL FÜNFZEHN

Beryl schlug kräftig mit den Flügeln. Seine Schultern schmerzten, als er seine schwere Last durch die Luft trug und schneller flog, als er eigentlich sollte. Er ignorierte die Schmerzen in seinem Rücken. Er ignorierte die übermenschliche Anstrengung für seine Flügel.

Wer nicht wagt, der nicht gewinnt, und er musste gewinnen, um zu Poppy zu gelangen.

Genau in diesem Augenblick könnte ein Löwe an ihr schnüffeln. Ein Wolf könnte seine Eckzähne aufblitzen lassen. Gottseidank schliefen die Bären noch.

Er nahm einen Hauch von ihrem Duft im Wind wahr. Sie war ganz in der Nähe. Die Ranken ihres zarten Geruchs milderten das Brennen in seinen Muskeln. Beryl schlug noch fester mit den Flügeln.

Shephard's Town war nicht besonders groß. Es gab nur wenige Läden, in denen man Kleidung, Lebensmittel und anderes kaufen konnte. Die Bewohner des Schleiers praktizierten noch immer die alte Kunst des Tauschhandels. Es waren vor allem die Walküren, die Edelsteine begehrten. Da die Töchter der Göttin in der Lage waren, den Schleier zu verlassen und in der Menschenwelt wertvolle Gegenstände zu erwerben, hatten viele der Wesen ebenfalls begonnen, mit Juwelen sowie Edelmetallen zu handeln.

Das war ein weiterer Grund, warum die Frauen in Ruhe gelassen werden sollten. Keiner wollte die Drachen verärgern, denn man wollte auch weiterhin Zugang zu Edelsteinen haben.

Leider reichte das Wissen, dass Cardi, Chryssie oder Poppy *nicht* belästigt werden durften, nicht aus. Menschenfrauen waren begehrter als jedwede Nahrung, als jedweder Edelstein. Vor allem von anderen männlichen Gestaltwandlern.

Nun, da er sich innerhalb der Stadtgrenzen befand, machte sich Beryl nicht die Mühe, seiner Nase zu folgen. Er wusste genau, wohin Cardi sie geführt hatte: an den einzigen Ort, der sie wirklich interessierte. Und tatsächlich sah er die Frauen durch die offenen Doppeltüren vom *God's Teet*, als er landete.

Beryls kräftige Beine schlugen auf dem Boden auf. Seine Klauen gruben sich in die fruchtbare Erde. Rauch stieg aus seinen Nasenlöchern, als er zum Eingang eilte. Der Drache gab ihm seinen Körper zurück, als er merkte, dass er nicht durch die Türen passte. Beryl stürmte in die Bar, nackt wie an dem Tag, an dem er geboren worden war. Drachen verwandelten sich normalerweise nicht in der Öffentlichkeit, aber in dieser Situation war drastisches Handeln gefragt.

Ari befand sich vor ihr, Izem hinter ihr. Cardi stand vor Ari und wedelte mit dem Finger, als ob der Löwe vor einem Menschen Reißaus nehmen würde. Einen Augenblick lang dachte Beryl jedoch, Ari würde es tun.

Nach kurzem Überlegen ließ er den Gedanken, Cardi könnte die Löwen in seine Schranken weisen, fallen. Beryl roch Angst bei seiner Gefährtin. Sein Drache kratzte an seiner Haut und wollte wieder herauskommen.

„Geh sofort von ihr weg!" Beryl hatte immer noch seinen menschlichen Körper, aber die Bestie hatte sich seine Stimme zurückgeholt.

Poppys Blick huschte sofort zu ihm. Beryl war froh, dass in ihren Augen Erleichterung zu sehen war. Aber der Geruch von Angst kehrte zurück, als Ari ihrem Oberarm umfasste.

„Sie wurde nicht beansprucht", sagte der Löwe. „Woher wissen wir überhaupt, dass sie dich will?"

„Sie trägt meine Markierung." Beryls Blickfeld war so dunkelgrün gefärbt, dass er kaum erkennen konnte, was sich um ihn herum befand. „Sie gehört zu mir."

„Eine Markierung bedeutet nichts. Du hast ihr nur ans Bein gepinkelt. Du bist noch nicht eingezogen."

Löwen waren große Männer. Nicht so groß wie er, aber einer könnte Poppy in Stücke reißen, wenn er nicht aufpasste. Ari war nicht gerade der Vorsichtigste. Er hatte viele von Beryls Spielsachen kaputtgemacht, als er als Jungtier zum Spielen vorbeigekommen war; zum Beispiel seine *Optimus Prime*-Figur aus *Transformers*. Dafür hatte Beryl den Kopf von Aris wertvoller *Lion-O*-Actionfigur abgerissen. Mit seinen ungeschickten Pfoten könnte Ari Poppy zerdrücken.

Beryl verlor rasch seine Selbstbeherrschung und jegliches Denkvermögen. Alles, was zählte, war, zu Poppy zu gelangen und Aris Hände von ihr wegzuschlagen. Er befleckte ihre perfekte Haut mit seinen dreckigen Pranken.

Wut staute sich in seinen Muskeln. Alles in seinem Blickfeld wurde grün. Aus seinen Nasenlöchern drangen Rauchschwaden wie giftige Gammastrahlen. Er ballte die Fäuste zu Hämmern, bereit, sich den Weg zu ihr zu bahnen.

„Hinter dir steht meine Gefährtin", sagte eine ruhige Stimme.

Beryl wandte nicht den Kopf zur Seite, um Kimber neben sich stehen zu sehen. Sein Bruder war ihm auf den Fersen gewesen, als er durch die Luft gerast war. Er wusste, dass Corun an seiner anderen Seite stand. Ilia und Rhoyl waren direkt vor der Tür. Der Einzige, der zu Hause geblieben war, war Elek, um über die Burg, ihre Drachenschätze und seine Mutter zu wachen.

Beim Anblick der wilden Drachenschar wurde Ari ein wenig blass. Beryl hätte gerne geglaubt, dass er allein für Aris devote Haltung verantwortlich war. Aber selbst er hatte die Macht in der tiefen Stimme seines Bruders spüren können.

„Um der Göttin willen, beruhigt euch, Kinder!"

Alle in der Bar atmeten auf, als Leona erschien. Alle außer Beryl. Seine Fäuste ballten sich erneut, und er wartete auf den Moment, in dem er Ari den Kiefer zertrümmern konnte.

„Jungs, lasst die Frauen gehen."

„Ich habe nichts getan", erwiderte Izem.

Leonas Blick fiel auf ihn. Ihre nach oben gezogenen Augenbrauen sprachen Bände.

„Aber Mama …", jammerte Ari.

Leona gab ein zischendes Geräusch von sich, wie eine wütende Katze. Ari ließ seine Arme, mit denen er den Frauen den Weg versperrt hatte, fallen.

„Wir haben deine Gefährtin nicht angerührt, Kimber", sagte Izem. „Jeder weiß, dass Cardi dir gehört, auch wenn du sie noch nicht beansprucht hast."

„Ich frage mich, ob er das überhaupt will", murmelte Cardi.

Neben ihr neigte Izem den Kopf, die buschigen Brauen wie ein stummes Fragezeichen hochgezogen.

„Er hat mich noch nicht einmal geküsst", fuhr Cardi fort, als hätten die Löwenbrauen ihr eine direkte Frage gestellt.

Izems Brauen senkten sich. Mit zusammengekniffenen Augen starrte er auf Cardis Lippen.

Beryl hatte Izem immer für einen der klügeren

Löwen gehalten. Offenbar hatte er sich geirrt. Der Mann hegte eindeutig einen Todeswunsch.

„Cardinal", warnte Kimber.

Aber Cardi ließ sich nicht einschüchtern. Das tat sie nie. Sie verschränkte die Arme vor der Brust und schnaufte, als sie zu ihm ging. Als sie Kimber erreichte, drückte er sie an sich.

„Wir haben deine auch nicht angerührt, Corun", sagte Izem. „Sie wurde eindeutig beansprucht. Herzlichen Glückwunsch zu euren Jungen!"

Corun blieb ungerührt. Seine Oberlippe bebte. Sein stahlharter Blick war auf die Löwenwandler gerichtet.

Chryssie stürzte in Coruns Arme. Er legte eine Hand auf ihren Bauch und drückte seine Lippen in ihre Haare. Währenddessen schaute er die Löwen immer noch an.

Poppy folgte den beiden Frauen nicht. Ihr Blick war auf den Boden gerichtet. Sie zitterte, aber sie versuchte nicht, sich zu bewegen, zu fliehen, sich in Beryls sichere Armen zu begeben.

„Sie kommt nicht zu dir", sagte Ari. „Das zeigt mir, dass sie Freiwild ist."

Poppy stand da und zitterte wie ein Blatt in einer leichten Brise. Ihr Gesicht war aschfahl. Beryl konnte den kalten Schweiß riechen, der ihr über die Stirn lief. Sie hatte Panik.

So schnell wie eine Spitzhacke auf Stein schlagen kann ging Beryl auf Ari los. „Was hast du mit ihr gemacht?"

Aber Ari schaffte es nicht zu antworten. Beryls Pranke war fest um den Hals des Löwen geschlungen. Aris Krallen gruben sich in Beryls Handgelenke, aber dieser empfand nichts als Zorn für den Löwen.

Er hörte Kimbers Stimme, Leonas Stimme, die ihm sagten, er solle Ari gehen lassen. Er ignorierte sie. Es war lediglich das leise Wimmern seiner Gefährtin, das dazu führte, dass er seinen Griff lockerte.

Poppy schaute auf. Sie starrte ihn an, und ihre Lippen und ihr Kinn zitterten. Sie blinzelte schnell und versuchte dadurch das, was sie sah, wegzuwischen, und er hatte keine Ahnung, was genau es war. Das Einzige, was zählte, war, die Bestürzung aus ihrem perfekten Gesicht zu löschen.

In einem Meer von Grün war sie das einzige helle Licht. Er ließ von Ari ab. Der Löwe stürzte mit einem lauten Knall zu Boden. Beryl schloss seine Gefährtin in die Arme.

Er hielt sie fest und ließ sich von ihr beruhigen.

Seine Bestie war immer noch wütend und forderte Blut, aber seine oberste Priorität war sie, seine Gefährtin. Poppy lag angespannt in seinen Armen. Sie starrte vor sich hin ins Leere. Ihr Kinn war steif.

Hatte Ari eine Narbe, ein Zeichen hinterlassen? Wenn ja, würden Köpfe rollen, ganz gleich, wer dazwischengehen wollte.

„Beryl, mein Lieber, du solltest deine Spielsachen nicht ohne deinen Namen herumliegen lassen, wenn du nicht willst, dass andere sie für sich beanspruchen", sagte Leona.

Izems Lippen verzogen sich zu einem Grinsen. In der Bar kicherten ein paar der Gäste. Beryl holte tief Luft und atmete Poppys Duft ein. Sie schaute ihn immer noch nicht an. Ihre großen Augen waren verhangen, als ob nur ihr Körper anwesend wäre.

„Was hast du mit ihr gemacht?", knurrte Beryl.

„Ich habe ihr eine weitere Option angeboten", erwiderte Ari vom Boden aus. Der Löwe verfügte offenbar zumindest über ein paar Gehirnzellen, denn er war nicht aufgestanden, als Beryl ihn fallengelassen hatte. „Ich glaube, sie denkt darüber nach."

Schließlich hob sich Poppys Blick. Pures Entsetzen spiegelte sich darin wider. Er würde Ari den Kopf abreißen.

Mensch und Bestie waren sich einig. „Ich werde dich töten.“

„Herausforderung angenommen“, erwiderte Ari grinsend. Seine Eckzähne waren ausgefahren, ebenso wie seine Krallen.

„Nein!“, brüllte Kimber. Wieder einmal hielt jeder in der Bar die Luft an. Als sie das gutturale Brüllen des mächtigsten Drachen des Landes hörten, erstarrten sie alle wie Statuen. „Wir machen nicht die gleichen Fehler wie unsere Väter. Wir sind bessere Männer als das.“

Izem nickte und trat einen Schritt zurück.

Ari grinste verlegen und biss sich auf die Lippe, als würde er über die Abgründe seines Charakters nachdenken.

Beryl musste nicht nachdenken. „Er hat meine Gefährtin angefasst. Ich will sein Blut.“

„Beryl …“

Beryl hörte nicht mehr zu. Er hob Poppy auf, schritt durch die Tür und rannte mit seiner kostbaren Fracht auf dem Arm davon.

„Erinnere dich an die alten Regeln“, hörte er Leona leise rufen, „besudle den Preis nicht, bevor du ihn nicht gewonnen hast.“

KAPITEL SECHZEHN

Sie konnte kaum Luft holen. Poppys Herz schlug so heftig, dass sich ihre Lungen nicht füllen konnten. Sie versuchte, den Mund zu öffnen und so Luft zu holen, aber das Zittern durchlief ihren ganzen Körper und ließ ihren Kopf nach unten sinken.

Ihre Stirn landete auf etwas Festem, aber Weichem. Der Geruch von Schweiß und Erde schlug ihr in die Nase und brachte sie wieder zur Vernunft. Es war der Geruch von Sicherheit. Es war Beryls Geruch.

Er war wegen ihr gekommen. Er hatte sie aus den Klauen dieses Mannes, dieser Bestie, die sie berührt hatte, befreit. Der Löwenwandler hatte vorgehabt, sie gegen ihren Willen zu entführen.

Nein, nicht gegen ihren Willen.

Poppy hatte sich nicht gegen Ari gewehrt. Sie hatte einen auf wehrlos gemacht, wie sie es immer bei den Männern getan hatte, die in ihr Leben getreten waren. Sie hatte sich nicht gegen den Mann gewehrt, der sich als Kind auf sie gestürzt hatte. Zu Bruce hatte sie nicht ein einziges Mal Nein gesagt. Wenn Cardi und Chryssie sich nicht für sie eingesetzt hätten, wenn Beryl nicht gekommen wäre, hätte Poppy sich dann dem Löwen ergeben?

Gott, sie war so erbärmlich. So schwach. Sie würde in dieser Welt nicht überleben, in der Frauen tatsächlich ihre Frau stehen mussten oder gefressen werden würden. Wenn sie bei Beryl bleiben wollte, wenn er so ein so erbärmliches Exemplar einer Frau überhaupt noch wollte, dann müsste sie lernen, sich zu behaupten.

Er rannte mit ihr in seinen Armen davon. Er lief so schnell, dass die Landschaft um sie herum verschwamm. Auch wenn er derjenige war, der rannte, war sie außer Atem.

„Beryl, bitte. Bitte halt an!"

Er blieb sofort stehen. Es sah fast aus wie in einem Cartoon, als seine Füße zum Stillstand kamen und Erde um sie herum aufgewirbelt wurde. Aber ihnen beiden war nicht zum Lachen zumute.

Sie waren mitten im Nirgendwo. Poppy konnte die Stadt aus dieser Entfernung nicht mehr sehen. Auch das Schloss oben in den Bergen konnte sie kaum ausmachen.

Beryl zerrte am Saum ihres Shirts, hob es hoch und entblößte ihre Haut. Er zog es ihr über den Kopf, sodass ihre Brüste freilagen. Die einzigen BHs in dem Kleiderschrank, den er ihr vorhin gezeigt hatte, waren ein paar Nummern zu klein gewesen, also hatte sie darauf verzichtet. Poppy verschränkte die Arme vor ihrer Brust. Beryl schob ihre Hände beiseite und fuhr mit seinen Händen über ihre Haut.

„Beryl, bitte", flehte sie.

Er ignorierte ihr Flehen. Seine Hände strichen grob über sie. Aber es hatte nichts Sexuelles an sich. Poppy wusste, wie sich ein sexueller Annäherungsversuch anfühlte. Das hier war etwas anderes.

„Hat er dir wehgetan?", fragte Beryl. „Hat er eine Narbe hinterlassen?"

„Was?"

„Ari. Dieser verdammte Bastard. Ich bringe ihn um, belebe ihn wieder und bringe ihn dann wieder um."

„Nein, ich glaube nicht."

Aber Beryl klang nicht überzeugt. Seine Finger

fuhren über jeden Zentimeter ihrer Haut, suchten nach einem Hinweis auf eine Verletzung.

„Mach dir keine Sorgen", sagte sie. „Mir geht es gut."

Er hob ruckartig den Kopf. Seine Augen funkelten sie an, smaragdgrün leuchtend in der Nachmittagssonne. „Lüg mich nicht an! Dir geht es nicht gut."

Die Wut in seiner Stimme ließ sie ein wenig zusammenschrumpfen. Sein Mund, der ihr letzte Nacht so viel Freude bereitet hatte, verzog sich grausam. Der Traum von einem Mann, der ihr Freundlichkeit, vielleicht sogar Liebe entgegenge-bracht hatte, verschwand vor ihren Augen. Poppy schlug die Hände vors Gesicht, um sich vor dem Anblick dieser totalen Verwandlung zu schützen.

„Denkst du, ich würde dich schlagen?"

Sie antwortete ihm nicht. Sie nahm die Hände nicht von ihrem Gesicht. Sie hatte gewusst, dass es zu schön gewesen war, um wahr zu sein.

Er war zu gut gewesen. Das hatte nicht wahr sein können. Alle Männer waren Ungeheuer.

Beryl kämpfte in Käfigkämpfen, focht blutige Kämpfe aus. Er hatte seinen eigenen Bruder an dem Tag bluten lassen, an dem sie hierhergekommen war. Er hatte seine Hände um Aris Hals geschlungen und zugesehen, wie ihm die Luft weggeblieben war. Er würde sie verletzen, genau wie Bruce, genau wie ihr Schänder, genau wie dieser Löwe es beabsichtigt hatte.

Sie würde es hinnehmen, wie sie es immer hingenommen hatte. Sie würde herausfinden müssen, wie sie Beryl bei Laune halten könnte, wie sie die Wut nicht wieder auf die Spitze treiben könnte, wie sie es gerade getan hatte. Sie gab sich keinen Illusionen hin, dass es nie wieder passieren würde. In einer Beziehung gab es immer Minenfelder.

„Ich würde dir nie wehtun", sagte er.

„Ich weiß", erwiderte Poppy.

Es war seltsam. Beryl klang aufrichtig. Sie hatte die Lüge in Bruces Stimme immer ausmachen können. Bruces Stimme war weicher geworden, wenn er sie getäuscht hatte. Als hätte er ihr und nur ihr ein Geheimnis anvertraut.

Aber Beryl war laut in seiner Unehrlichkeit. Er hatte die Worte regelrecht herausgeschrien. So laut, dass man sie vermutlich bis in die Bar gehört hatte.

Poppy fuhr mit ruhiger Stimme fort, ihn zu beschwichtigen. „Es war meine Schuld."

„Deine Schuld?" Auf seinem Gesicht bildeten sich tiefe Zornesfalten.

Mist. Falscher Satz. Sie machte sich auf eine Explosion gefasst.

Beryls Hände strichen über ihre Wange. Seine Berührung war sanft, ehrfürchtig. Er umfasste ihr Gesicht mit andächtigen Händen. Seine langen Finger hätten es bis zum Kirchturm geschafft, aber ihr Gesicht war im Weg.

„Du hättest auf mich warten sollen", sagte er, und seine Stimme war nun ruhiger.

Poppy dachte nicht mehr, dass er sie schlagen würde. Obwohl sie Schläge Beschimpfungen vorzog. Die körperlichen blauen Flecken heilten schneller als die inneren. Sie wusste, dass Beryls Worte wehtun würden.

„Du bist etwas Kostbares für mich", fuhr er mit seinem Angriff fort. „Es gibt gefährliche Dinge in dieser Welt. Ich muss da sein, um dich vor ihnen zu schützen. Das ist meine Aufgabe, meine Verantwortung. Wenn dir etwas zugestoßen wäre ..."

Beryl ließ die Hände fallen und wandte sich von ihr ab. Seine Schultern sackten nach unten, als hätte ihm jemand eine Ohrfeige verpasst. Ein gutturales Knurren drang aus seiner Kehle.

Poppy stolperte, als seine Hände sie nicht mehr festhielten. Keines seiner Worte hatte sie verletzt. Er schien auf sich selbst wütend zu sein, nicht auf sie.

„Ich kann es dir nicht verdenken", sagte er. „Du wusstest es nicht besser. Du wusstest nicht, dass andere Männer dich behandeln würden, als wärst du Freiwild, wenn du in diese Welt hinausgehst."

Er drehte sich zu ihr um. Seine Wangen waren gerötet, als hätte sich Scham darauf geschlichen. Sein Kinn fiel ihm auf die Brust, als ob es von Schuldgefühlen belastet wäre.

„Verzeih mir", bat er mit flehender Stimme.

„Dir verzeihen?", wiederholte Poppy. Ihre Gedanken wirbelten durcheinander.

Doch egal, welche Richtung sie einschlugen, sie konnte sich keinen Reim auf das hier machen. Wo waren die strafenden Worte, die sie innerlich bluten ließen? Warum lastete die Schuld nicht schwer auf ihren Schultern?

„Es ist meine Schuld", sagte Beryl und machte ein paar vorsichtige Schritte auf sie zu. „Ich habe dich nicht beansprucht."

„Mich nicht beansprucht?" Poppy führte ihre Hand zu ihrer Schulter, wo Beryl hineingebissen hatte.

„Das ist nur eine Markierung." Beryls Hand bedeckte ihre. „Beanspruchen ist … mehr."

„Willst du mich beanspruchen?"

„Ich *werde* dich beanspruchen."

Seine Stimme war voller Inbrunst. Aber sie erschrak nicht über seinen Tonfall. Sie wich nicht vor dem gefährlichen Funkeln in seinen Augen zurück. Instinktiv wusste sie, dass es nicht ihr galt.

„Ich werde Ari den Kopf abreißen, bevor er sich dir wieder nähert."

Richtig. Der Kampf. Es würde einen Kampf geben. Und sie war der Preis.

All das war ihr entfallen. Weil es keinen Sinn ergab. Sie war nichts Besonderes.

„Beryl, ich will nicht, dass du für mich kämpfst."

„Du gehörst mir", knurrte er. Wieder laut. Flüstern schien nicht in Beryls Stimm-Repertoire zu sein. Er hatte wohl als Kind nicht gelernt, wie man der inneren Stimme Ausdruck verleiht.

Dennoch hatte sie genug Talkshows gesehen, um zu wissen, dass dies die Worte eines besitzergreifenden Mannes waren. Für eine Frau, die den größten Teil ihres Lebens in einer gewalttätigen Beziehung verbracht hatte, war „besitzergreifend" ein deutlicher Fortschritt gegenüber „gewalttätig".

„Es ist nur so, dass ich nicht will, dass du dir wehtust", fuhr Poppy fort. „Schon gar nicht für mich."

Beryl presste seine Lippen fest zusammen. Seine Kehle arbeitete, sein Adamsapfel hüpfte auf und ab, als ob dort etwas feststeckte. „Du denkst, ich bin nicht stark genug, um dich zu beschützen?"

„Was? Nein! Das habe ich nicht gesagt."

Er hob den Kopf, und seine Mundwinkel wanderten bei ihren Worten nach oben. Das war gut. Sie hatte einen weiteren Weg gefunden, ihm zu gefallen. Die meisten Männer waren leicht zu umschmeicheln. Zum Glück musste sie bei Beryl nicht lügen.

„Ich glaube, du könntest den Löwenmann besiegen. Wahrscheinlich sogar beide."

Jetzt blähte sich seine Brust auf. Er stemmte die Fäuste in die Hüften, wie sie es von Bodybuildern kannte, die ihre Posen einnahmen. Es wäre komisch gewesen, wenn er nicht so verdammt sexy ausgesehen hätte.

„Aber der Kampf ist es nicht wert", fuhr sie fort. „Ich bin es nicht wert."

Beryls Augen blitzten smaragdgrün auf. Er war bei ihr, bevor sie ihren Satz richtig beenden konnte. Seine große Hand schlang sich um ihren Nacken. Seine Finger zerrten an ihren Haaren, bis ihr Kopf nach hinten gebeugt war.

Sie sollte verängstigt sein. Sie sollte entsetzt sein. Stattdessen spürte sie, wie sich Hitze zwischen ihren

Schenkeln sammelte. Ihre Brustwarzen zogen sich schmerzhaft zusammen.

„Was habe ich darüber gesagt, schlecht über meinen kostbaren Schatz zu reden?"

Poppy hatte Unrecht gehabt. Beryl wusste doch, wie er seiner inneren Stimme Ausdruck verleihen sollte. Sein Knurren war so tief, dass es in ihrer Wirbelsäule widerhallte und ihre Knie butterweich werden ließ.

„Ich habe gesagt, dass ich dich bestrafen werde, nicht wahr?"

Kühle durchflutete Poppy. Aber es war keine Angst. Es war Vorfreude.

Beryl zog ihren Kopf zu sich heran und verschloss ihren Mund mit einem brennenden Kuss. Sie war geschlagen, getreten, bespuckt und erniedrigt worden, bis ihre Ohren von den Beleidigungen gebrannt hatten. Diese „Bestrafung" toppte all diese Misshandlungen.

Früher hatte sie einen Teil von sich selbst von den gewalttätigen Männern in ihrem Leben ferngehalten. Mit Beryl würde das nicht möglich sein. Mit jeder Berührung, jedem Wort, jedem Blick zerstörte er ein Stück ihres Panzers und schlich sich in ihr Herz.

KAPITEL SIEBZEHN

In dem Moment, in dem Beryl das Land seiner Familie betrat, atmete er auf. In dem Moment, in dem er Poppy innerhalb der Steinmauern des Schlosses absetzte, entspannten sich seine Schultern. Er ließ ihre Hand nicht los, bis sie hinter der verschlossenen Tür seines Zimmers waren.

„Komm", sagte er zu ihr und winkte seine Gefährtin ins Badezimmer. „Ich möchte dich von diesem Löwengestank befreien."

Sie zuckte zusammen. Ihr Gesicht hatte denselben Ausdruck von Unbehagen wie damals im Wald, als er sie angeschrien hatte. Er bedauerte, dass er sie erschreckt hatte, aber sie musste den Ernst der Lage verstehen. Er hätte sie fast an die Löwen verloren. Nur ein paar Augenblicke mehr, und Ari hätte das Recht gehabt, sie in seine Pranken zu nehmen und mit Beryls Schatz davonzulaufen.

Allein bei diesem Gedanken fletschte sein Drache die Zähne. Dazu würde es nicht kommen. Poppy war jetzt und würde für immer seine Gefährtin sein. Kein Löwe würde sie je wieder anfassen. Kein Löwe würde sie jemals in ihrer ganzen Pracht sehen.

Sie stand in ihrem T-Shirt, das sich ihrem kurvigen Oberkörper anpasste, und ihrer engen Hose, die ihre rückseitigen Vorzüge zur Geltung brachte, da. Die Arme hatte sie schüchtern vor der Brust verschränkt. Er würde sie nie verstehen. Sie war das schönste Geschöpf, das er je gesehen hatte, und doch neigte sie ständig den Kopf und verdrehte ihren Körper, als ob sie etwas an sich verändern oder verbergen wollte.

Nach einer Weile bewegte sich Poppy auf ihn zu. Beryl streckte die Hände nach ihr aus, aber er zog sie nicht aus. Er wollte ihre Erlaubnis. Nicht, dass er sie gebraucht hätte. Er musste sie beschützen. Aber er wollte ihr Vertrauen.

„Es ist meine Aufgabe als dein Partner, für dich zu sorgen", sagte er. „Lass mich das tun."

In seiner Stimme lag ein Befehl, aber auch ein

Flehen. Poppy hob den Blick und ließ die Arme sinken. Sie legte ihre Hände in seine.

Beryl spürte, wie sich etwas in ihm zusammenzog. Er hatte ihr seine Seele übergeben, als sie zu ihm gekommen war. Jetzt schloss sie sein Herz auf.

Er streifte ihr das Oberteil ab. Ihr Atem ging dabei stoßweise. Ihre Hände wanderten nicht schützend zu ihren Brüsten. Sie versuchte, ihre Schuppen zu bedecken.

Beryl küsste ihre Finger. Er schnüffelte daran und schob sie beiseite, bis er die Stelle erreichte, die sie zu verbergen versuchte.

Er drückte seine Lippen darauf und sagte: „Du bist perfekt."

„Das bin ich nicht", beharrte sie mit zittriger Stimme. „Ich bin vernarbt."

„Ich habe es dir doch schon gesagt. Das sind keine Narben. Es sind Schuppen. Sie bedeuten, dass du für mich gemacht bist."

Beryl zerrte ihr die enge Hose vom Körper und zog ihre Schuhe aus. Dann stand er auf. Er trat zurück und betrachtete das Wunder, das seine Gefährtin darstellte. Poppy hatte weiche Rundungen und ein paar dunkle Schuppen an ihren Armen und Beinen.

Sie wollte sich wieder bedecken.

„Hände weg", befahl er. Er war es leid, mit seiner Gefährtin um diesen Teil von ihr zu kämpfen. „Du gehörst mir. Bedecke nicht, was mein ist."

Er hatte seine Stimme wieder erhoben. Poppy atmete scharf ein und riss die Augen auf. Aber nicht vor Angst. Sie zitterte zwar, aber der Duft, der ihm in die Nase stieg, verriet ihm, dass sie erregt war.

Beryl legte sie in die Wanne mit heißem Wasser und Badeschaum. Dann entkleidete er sich unter ihrem wachsamen Blick. Er freute sich, dass er seiner Gefährtin gefiel. Er wusste, dass seine Muskeln und sein Körperbau etwas waren, worauf Frauen gerne starrten. Von nun an war jedes Bankdrücken, jedes Hantelstemmen, jede Liegestütze nur noch dazu da, seiner Gefährtin noch mehr Vergnügen zu bereiten.

Sein Drache war ruhig, als er hinter Poppy in die Wanne stieg. Er zog ihren nackten Körper zu sich heran und legte ihren Hinterkopf an seine Brust. Poppy passte zu ihm wie ein Puzzlestück, als wären sie füreinander geschaffen. War es erst einen Tag her, dass sie in sein Leben getreten war?

Poppy griff nach dem Waschlappen, aber er nahm ihn ihr aus der Hand.

„Willst du nicht, dass ich dich wasche?", fragte sie.

„Es ist der Mann, der sich um seine Frau kümmert.“

„So funktioniert das in meiner Welt nicht.“

„Die Männer in eurer Welt sind schwach“, schnaubte Beryl. „Es sind die Frauen, die die Männer stark machen. Deshalb lassen wir uns Muskeln wachsen, damit wir stark genug sind, um unsere Schätze zu beschützen.“

Beryl tauchte den Waschlappen in die Wanne. Er drückte das überschüssige Wasser aus. Dann strich er in langsamen Kreisen über Poppys Brust.

„Ich weiß nicht, wie ich dich stark machen soll“, sagte sie, „wenn ich mein ganzes Leben lang schwach war.“

Sie schwieg eine Weile, während er sie wusch. Er überließ sie ihrer Ruhe, während er die Seife in ihre Haut einmassierte und jede Spur des Löwengeruchs entfernte.

„Wo ich herkomme, werden kleine Mädchen nicht geschätzt“, fuhr Poppy nach einer Weile fort. „Sie werden nicht immer beschützt. Meine Mutter hat ihren Körper benutzt, um Geld zu verdienen. Einer ihrer Kunden hat mich immer komisch angeschaut. Eines Nachts, als er mit ihr fertig war und sie schon schlief, kam er in mein Zimmer.“

Der Waschlappen glitt aus Beryls Fingern. Sein Griff um seine Gefährtin wurde fester.

„Er fing an, mich zu berühren. Ich war zu verängstigt, um nach Hilfe zu rufen. Ich wollte ihn nicht wütend machen. Schon als Kind wusste ich, dass wir das Geld brauchten. Also lag ich einfach da und ließ ihn gewähren."

Das Wasser war lauwarm geworden, während sie beide immer noch darin saßen. Als der Drache erwachte, begann es zu sieden. „Hat er …"

„Hat er nicht. Meine Mutter kam ins Zimmer. Sie schlug ihm auf den Kopf und ihn bewusstlos, bevor er …"

Der Göttin sei Dank, war ihre Mutter da gewesen. Beryl hatte immer gewusst, dass die höchste Berufung einer Mutter darin bestand, ihre Kinder zu beschützen. Deshalb hatte die Schuld sein ganzes Leben lang an ihm genagt.

„Wo ist deine Mutter jetzt?", fragte er.

„Der Mann, der mir wehtun wollte, ist gestorben, und meine Mutter ist für den Mord an ihm ins Gefängnis gewandert."

„In den Knast? Sie wurde eingesperrt, weil sie dich beschützt hat?"

„Er war ein wichtiger Mann, also bekam sie Ärger. So läuft das in meiner Welt. Sie ist im Knast gestorben." Poppy drehte ihren Körper und schmiegte sich an seine Brust. Ihre Hand ruhte auf einem seiner Brustmuskeln, und sie blickte auf den Fleck auf ihrem Unterarm hinunter. „Sie hatte die gleiche Hautkrankheit wie ich. Sie hatte Feuer in ihrem Blut."

„Drachen und Halbwesen sind nicht für eure Welt bestimmt. Es tut mir leid, dass sie nicht überlebt hat. Aber ich werde ihre Tapferkeit und ihr Opfer für dich in Ehren halten."

Poppy hob den Kopf, um seinem Blick zu begegnen. Der Duft des Verlangens durchdrang das Wasser der Wanne. Der Raum füllte sich mit Dampf, als sein Drache an die Oberfläche trat.

„Willst du mich immer noch bestrafen?", fragte sie.

„Ich fürchte, das muss ich", erwiderte er. „Du musst deine Lektion lernen."

Er griff ins Wasser und umfasste ihre Taille. Dann hob er sie hoch und über sich. Beryl lehnte den Kopf an den Wannenrand und positionierte Poppys Hüften über sich.

„Bist du bereit?", fragte er.

In ihren Augen mischte sich Verlangen mit Verwirrung.

„Ich werde deine empfindlichste Stelle lecken.

Du wirst es dir gefallen lassen. Wenn du es wagst, mir zu sagen, dass ich aufhören soll, werde ich dich noch fünf Minuten länger lecken. Hast du mich verstanden?"

„Ich … Oh …"

Beryl schloss seine Lippen um ihr weiches Fleisch. Schon bei seiner zweiten Berührung schlugen ihre Knie gegen seine Ohren. Er ließ etwas Gnade walten, umfasste ihren Hintern und hob sie etwas höher, sodass er nur noch seine Zunge über sie gleiten lassen konnte.

Poppy sackte nach vorne und klammerte sich an den Wannenrand. Sie war so empfänglich für seine Liebkosungen, als hätte sie noch nie ein solches Vergnügen erlebt.

Sie war die seine. Seine perfekte Gefährtin. So weich. So empfindlich gegenüber jeder seiner Berührungen.

Er verfluchte Ari, dass er nun warten musste, um sie ganz zu beanspruchen. Er wusste, dass ein Verstoß gegen diese Regel ihren Verlust bedeutete. Das hier war eine Schlacht, bei der er eher sterben als verlieren würde. Es gab keine Regeln, die ihm verboten, sie zu kosten, ihr zu gefallen, sie wissen zu lassen, zu wem sie gehörte.

Poppy lernte in dieser Nacht ihre Lektion. Sie

flehte ihn nicht ein einziges Mal an aufzuhören. Sie nahm jedes Quäntchen Vergnügen, das Beryl ihr bereitete, bereitwillig an. In der Wanne war sie über ihn gebeugt gewesen, dann über den Stuhl neben dem Bett. Schließlich hatte sie auf dem Bett flach auf dem Rücken gelegen.

Beryl hatte den Kopf zwischen den Beinen seiner Gefährtin gehabt, bis sie schlaff geworden und schließlich vor lauter Vergnügen eingeschlafen war. Nach all den Kämpfen, an denen er teilgenommen hatte, nach all den Kämpfen, die er gewonnen hatte, hatte er sich nie so siegreich gefühlt wie jetzt, da er auf seine zufriedene Gefährtin herabblickte, während sie in seinen Armen schlief.

Am Morgen würde er mit dem Training für den Kampf beginnen. Die Löwen hatten keine Ahnung, was sie in ihm geweckt hatten. Beryls Drache befand sich nicht mehr auf einem sinnlosen Amoklauf. Mensch und Tier konzentrierten sich auf den Preis, und sie würden alles und jeden niederschlagen, der sich ihnen in den Weg stellte.

KAPITEL ACHTZEHN

Als Poppy sich in dem großen Bett auf die andere Seite drehte, taten ihr die Oberschenkel weh. Als wäre sie einen Marathon gelaufen. Oder 26 Stockwerke die Treppen hoch.

Nach dem Sex mit Bruce hatte sie oft Schmerzen gehabt. Er war kein sanfter Liebhaber gewesen. Aber das hier war die gute Art von Schmerzen.

Die Muskeln an den Innenseiten ihrer Beine pulsierten, als sie sich aufsetzte. Ihre Lippen waren geschwollen und berührungsempfindlich. Sogar ihre Handgelenke schmerzten, da ihr Drache sie nach ihrem fünften Orgasmus umklammert hatte. Bei dem war sie sich sicher gewesen, dass sie es nicht mehr aushalten würde. Sie hatte sich geirrt. Und dann ein weiteres Mal.

Poppy sah sich nach Beryl um. Er hatte sie die ganze Nacht über gehalten. Aber jetzt war er nirgends zu sehen.

Sie redete sich ein, nicht in Panik zu geraten. Beryl war nicht Bruce. Bruce hatte sie gefickt, aber er hatte nie mit ihr oder neben ihr geschlafen. Er hatte die Couch vorgezogen, oder noch besser, das Bett einer anderen Frau. Eine von seinen Huren, die es verstanden hatte, ihm Freude zu bereiten. Das war nicht Poppy gewesen.

Vor der vergangenen Nacht hatte sie noch nie Freude an Sex gehabt. Als sie so darüber nachdachte, hatte Beryl auch keine Freude an ihr gehabt. Sie wusste, wie der Orgasmus eines Mannes auf seinem Gesicht aussah. Sie wusste, wie er sich in ihr anfühlte. Sie wusste, was für eine Sauerei er verursachte, und dass sie diese dann immer mühsam von sich entfernen musste.

Beryl hatte diesen Gesichtsausdruck nicht gehabt. Er hatte nichts in sie oder auf sie gespritzt. Er hatte sich nicht einmal ausgezogen. Als sie weiter darüber nachdachte, hatte sie in seinem Bett lediglich seine nackte Brust gesehen.

Poppy stand auf. Sie zog sich ein T-Shirt über den Kopf und eine Jeans über die Beine. Die ganze

Zeit über versuchte sie, keine voreiligen Schlüsse zu ziehen.

Sie hatte wahrscheinlich lange geschlafen. Beryl war vielleicht ein Frühaufsteher. Sie wusste, dass er in den Minen arbeitete. Er war vermutlich dort … Und nicht im Bett einer anderen Frau.

Das musste es sein. Er hatte etwas zu erledigen. Sie konnte nicht erwarten, dass er den ganzen Tag mit ihr verbrachte.

Vielleicht könnte sie mit ihm zusammenarbeiten? Sie hatte nicht die Absicht, den ganzen Tag im Schloss herumzusitzen. Das hatte sie ihr ganzes Leben lang getan – sich wegen ihrer Narben drinnen versteckt.

Nein, nicht Narben. Schuppen.

Das Blut eines Drachen floss durch ihre Adern. Sie war aus starkem Holz geschnitzt. Die Flecken auf ihrem Körper waren nicht mehr zu verbergen.

Beryl schämte sich nicht für sie. Es gefiel ihm, wie sie aussah. Poppy war nicht entgangen, wie sich sein Gesicht aufgehellt hatte, als sie nackt vor ihm gestanden hatte. Der Mann hatte ihr nichts vorgemacht. Ihm hatte gefallen, was er sah.

Als sie jetzt in den Spiegel schaute, konnte sie sich ein Lächeln nicht verkneifen. Sie strich mit einer Hand über das sternförmige Muster auf ihrer Schulter, das Beryl immer wieder küssen musste. Sie schob ihre Ärmel hoch, sodass man ihre Schuppen sehen konnte.

Poppy verließ das Zimmer und verirrte sich sofort in dem Labyrinth des Schlosses. Jede Tür sah gleich aus. Jede Abzweigung, die sie nahm, führte sie wieder an ihren Ausgangspunkt zurück. Als sie in einen Flur bog, hörte sie Stimmen. Sie folgte diesen zu einer anderen, unscheinbaren Tür. Als sie diese öffnete, ließ sie der Anblick, der sich ihr bot, zurückschrecken.

Chryssie und Cardi lagen beide auf einem riesigen Bett. Cardi lag am Fußende, ihre Beine waren angewinkelt, ihre Fersen berührten ihren mit einem Tüllrock bedeckten Hintern. Chryssie lag auf der Kopfseite des Bettes, und ihre Hand ruhte auf ihrem leicht gewölbten Bauch.

Auf der anderen Seite des Bettes saß Elek. Der stille Drachenwandler hatte seinen Arm um die Schultern einer älteren Frau gelegt. Diese trug Kleidung, die aussah wie aus dem viktorianischen Zeitalter: eine weiße Rüschenhaube und ein hochgeschlossenes Nachtgewand, das ihr bis zu den Handgelenken reichte. Alle vier starrten auf einen Fernsehbildschirm.

Auf diesem tanzten bunte Puppen herum. Ihre

zotteligen Haare standen von ihren Köpfen ab, während sie ein Lied sangen. Ihre Puppenhände klatschten im Takt mit.

„Hey, Poppy", rief Chryssie. „Komm zu uns! Hast du als Kind die *Muppet Show* gesehen?"

„Ähm, nein", erwiderte Poppy. Die Kindersendung war auf HBO gelaufen, und ihre Mutter hatte sich kein Kabelfernsehen leisten können. Sie wusste, dass es in der Sendung um tiefgründigere Themen ging als in den normalen Zeichentrickfilmen. Sie berührte Themen der Spiritualität, der rassischen und sozialen Ungerechtigkeiten sowie Umweltfragen. Also, nein, sie war nicht ins reguläre Nachmittagsprogramm der öffentlichen Sender aufgenommen worden.

„Hallo, Cardi. Guten Morgen, Elek. Hallo, Ma'am."

Cardi wackelte mit den Zehen, ohne ihr Gesicht vom Fernseher zu wenden. Elek nickte ihr leicht zu, ohne seinen Blick vom Fernseher zu nehmen. Die Frau blinzelte nicht einmal. Sie schien nicht zu bemerken, dass Poppy überhaupt da war.

„Poppy, das ist Miya", sagte Cardi. „Miya, das ist Poppy. Sie gehört zu Beryl. Kannst du dir das vorstellen? Beryl hat sich eine Opfergabe geholt!"

Cardi drehte sich um, sodass ihr Kopf auf

Miyas bedeckten Beinen ruhte. Während sie ihren Körper drehte, blieb Cardis Blick weiterhin auf dem Bildschirm haften. Miya blinzelte einmal.

„Miya ist Eleks Mutter", erläuterte Chryssie. „Aber wir haben sie alle sozusagen adoptiert. Drachengeburten sind hart für Frauen. Die meisten überleben sie nicht, aber Miya hat es geschafft, weil sie stark ist." Chryssie klopfte Miya mit einer Hand auf die Schulter, während die andere weiterhin ihren Bauch streichelte.

Miya blinzelte. Aber ihre Augen öffneten sich nicht ganz. Poppys Blick wanderte zu ihrer Brust. Sie hob und senkte sich. Hoffentlich bedeutete das, dass sie nur schlief.

„Also", sagte Cardi und löste endlich ihren Blick vom Fernseher. „Du und Beryl …"

„Cardi, das schickt sich nicht!", rief Chryssie.

„Wie kann es unschicklich sein, wenn wir sie letzte Nacht haben bumsen hören?"

Poppys Wangen wurden so heiß, dass sie glaubte, ihre Augen würden rot anlaufen. Sie wollte Cardi nicht sagen, dass sie genau genommen nicht gebumst hatten.

„Das ist gut zu wissen", sagte Cardi. „Corun kann vögeln. Beryl kann vögeln. Ich hoffe, dass Kimber, wenn ihm endlich ein Paar Eier wachsen, mich auch irgendwann vögeln kann."

„Kimber hat ein Paar Eier", brummte Elek.

„Hm", schnaufte Cardi und legte ihren Kopf an Miyas Brust. „Ich bin froh, dass er sie wenigstens dir gezeigt hat, denn mir hat er sie ganz sicher nicht gezeigt."

„Das wird er schon noch", sagte Elek. „Wenn du dafür reif bist."

„Und wann wäre das, bitteschön? Ich bin mindestens 18, vermutlich sogar schon 19." Cardi drehte sich wieder zu Poppy. „Die Zeit läuft anders auf dieser Seite des Schleiers. Miya hier wurde im Jahr 1800 geboren. Ich glaube, hier vergeht ein Jahr für jedes Jahrzehnt auf der anderen Seite."

„Wenn ja", sagte Chryssie, „dann bist du jetzt 20, vielleicht sogar 21."

Cardi setzte sich ruckartig auf. „21? Willst du mich verarschen? Ich bin nicht nur volljährig, ich dürfte auch trinken? Das ändert alles."

Cardi rutschte vom Bett herunter und ging zur Tür hinaus. Chryssie schüttelte den Kopf.

„Macht sie sich auf den Weg, um Kimber zu vögeln?", fragte Poppy.

„Das bezweifle ich", erwiderte Chryssie. „Sie wird wahrscheinlich die Hausbar plündern."

Die beiden Frauen kicherten. Elek brachte sie zum Schweigen und deutete auf den Fernseher, wo die Muppets ein weiteres Lied und eine Tanznummer über Toleranz anderen gegenüber angestimmt hatten.

Poppy senkte die Stimme. „Ich habe versucht, Beryl zu finden. Ich dachte, er ist vielleicht im Bergwerk."

„Er ist draußen und trainiert für den Kampf."

Poppy hatte den Kampf ganz vergessen. Ihr gefiel der Gedanke nicht, dass Beryl gegen diese riesigen Löwen antreten wollte. „Würdest du mir bitte zeigen, wo?"

„Ich führe dich hin." Chryssie küsste Miya auf die Wange.

Die Augen der älteren Frau öffneten sich und konzentrierten sich wieder auf den Fernsehbildschirm.

„Was ist mit ihr los?", fragte Poppy, als sie aus dem Zimmer waren.

„Im Gegensatz zu uns hat sie kein Feuer in ihrem Blut. Viele Opfergaben starben nach der Geburt. Coruns und Kimbers Mutter lebte ein paar Tage und starb dann. Die Drillinge – Beryl, Ilia und Rhoyl – sowie ihre Mutter haben es kaum bis zum Ende der Schwangerschaft geschafft. Man musste die Babys herausschneiden."

Poppy wurde bei Chryssies Worten übel. Mit einem Blick auf deren gewölbten Bauch schluckte Poppy. Sie wollte nicht nachfragen. Aber Chryssie schien ihre stumme Frage zu verstehen.

„Es war grausam, eine Opfergabe zu sein", sagt Chryssie. „Aber jetzt ist alles anders. Du, ich, Cardi – wir sind zum Teil auch Drachen. Also werden wir überleben."

Poppy war sich nicht einmal sicher, ob sie Kinder wollte. Aber sie wusste auch, dass sie Beryl nichts verweigern würde, wenn er ihr sagte, dass er welche haben wollte. Sie würde ihm alles geben, alles. War es nicht das, was wahre Liebe ausmachte?

Denn sie wusste ohne jeden Zweifel, dass sie Beryl liebte. So sehr, um für ihn zu sterben, wenn es nötig wäre.

„Schau, da ist er", sagte Chryssie. „Ich gehe jetzt in mein Zimmer und lege mich ein wenig hin. Wir sehen uns später, okay?"

Poppy nickte, als Chryssie sich zum Gehen wandte. Sie waren auf der Rückseite des Schlosses angelangt. Viele der Geräte, die sie im Trainingsraum gesehen hatte, waren an diesem sonnigen Tag nach draußen gebracht worden. Beryl schlug rhythmisch gegen einen Boxsack, der an einem Baum hing. Sein Hemd hatte er ausgezogen, und seine Muskeln schimmerten in der Sonne. Er sah wunderschön aus.

Während Poppy ihn beobachtete, erinnerte sie sich an die vergangene Nacht, als er ihren Körper vor Vergnügen hatte aufjauchzen lassen. Wie konnten Hände, die wie Hackmesser aussahen, solche Lustgefühle erzeugen? Wie konnte ein Mund, jetzt grausam und konzentriert zusammengezogen, sie vor völliger Ekstase erzittern lassen?

„Ist er im Bett auch so stark?"

„Sogar noch stärker. Ich dachte, er würde mir die Blütenblätter abreißen."

Im Gras saßen drei Elfen. Sie waren unfassbar schön, mit vollen Wimpern, pastellfarbener Haut und langen Gliedmaßen. Außerdem rochen sie wie Honig am Stiel.

„Beryl will immer Sex nach einem Kampf. Ich hatte ihn jetzt schon dreimal."

„Auch nach dem Training. Ich hatte ihn schon fünfmal."

„Ich möchte ihn wenigstens einmal haben, bevor er vom Markt ist."

„Vom Markt? Oh, du meinst wegen des

Menschen? Wenn er sie beanspruchen wollte, hätte er bereits Sex mit ihr gehabt."

„Sie hat recht. Welcher männliche Wandler kann einem Menschenopfer widerstehen? Mit ihr muss etwas nicht stimmen. Es würde mich nicht wundern, wenn Beryl den Kampf aufgibt und sie den Löwen überlässt."

„Toll, dann können wir ihn wieder ganz für uns haben! Ich wette, er wird uns alle drei auf einmal nehmen, wenn er mit seinem Training fertig ist."

Der honigsüße Geruch in der Luft drehte Poppy den Magen um. Ihre schlimmsten Befürchtungen hatten sich bewahrheitet. Beryl begehrte sie nicht. Und nicht nur das, er würde sich seine Befriedigung von anderen Frauen holen, und das direkt vor ihrer Nase.

Poppy war ihrer Vergangenheit keineswegs entflohen. Diese war ihr hierher gefolgt. Sie war genauso unerwünscht, wie sie es auf der Erde gewesen war. Nur tat es dieses Mal wirklich weh, weil sie den Mann, der sie nicht wollte, aufrichtig liebte.

KAPITEL NEUNZEHN

Der Kampf sorgte für mehr Aufsehen, als er erwartet hatte. Früher hätte Beryl den Rummel um seine Person geliebt. Er hätte das harte Training begrüßt. Aber jetzt wollte er nur noch zurück zu seiner Gefährtin.

Er konnte es kaum erwarten, dass die Sonne unterging, damit er in ihr Bett steigen und sich zwischen ihren Schenkeln vergraben konnte. Das war jetzt sein Lieblingsplatz, der einzige Ort, an dem er sein wollte.

Er war froh, dass er vorerst nur seine Zunge und seine Finger benutzen konnte. Vielleicht sogar für immer. Poppy zu schwängern war nicht sein Ziel. Die Walküre hatte gesagt, dass Chryssie, Cardi und

Poppy überleben würden, weil sie Feuer im Blut hatten. Aber Beryl wollte das Risiko nicht eingehen.

Er hatte bereits eine Frau getötet. Er war der Erste gewesen, der sich den Weg aus dem Bauch seiner Mutter gekämpft hatte. Er konnte sich an den Klang ihres Herzschlags erinnern. Und dann, nachdem er seinen ersten Atemzug genommen hatte, hatte das rhythmische Schlagen, das ihn jede Nacht in den Schlaf versetzt hatte, aufgehört.

Beryl kannte den Klang von Poppys Herzschlag. Er war durch ihren Pulsschlag aufgewacht, als er sie in seinen Armen gehalten hatte. Er hatte ihre Lebenskraft auf ihren Lippen geschmeckt. Er würde nicht zulassen, dass ihr etwas zustieß. Er hatte es versprochen. Nicht nur ihr, er hatte es auch sich selbst versprochen.

Seine Bestie war in Aufruhr. Sie wollte seine Gefährtin, aber Beryl hatte Angst davor, was sie ihr versehentlich antun könnte.

„Brauchst du eine Pause, Großer Hulk?"

Beryl runzelte die Stirn, als er die vertraute Stimme hörte. Er drehte sich um und sah Aster, die sich aus dem Gras erhob. Ihre violette Haut schimmerte im Sonnenlicht. Was hatte sie hier zu suchen?

„Ich leide offenbar unter Berylmanie." Die Elfe schlenderte auf ihn zu, und ihr Blick war vor Lust verhangen. „Hast du vielleicht ein Heilmittel dagegen …?"

Sie wiegte ihren geschmeidigen Körper in der Brise hin und her. Wie hatte er jemals Freude an etwas so Unscheinbarem finden können? Er wusste, warum. Er war in einer Wüste gewesen, in der es keine Poppy gegeben hatte. Jetzt war sie seine Oase. Warum also sollte er sich noch mit Wüstensand abgeben?

Beryl öffnete den Mund, um der Elfe zu sagen, dass er kein Interesse mehr hatte. Bevor er das tun konnte, nahm seine Nase etwas Süßliches wahr. Einen Duft, der den Zuckersüßen der Elfen weit übertraf.

Poppy.

Sie ging langsam auf die Tür zu, mit gesenktem Kopf, aber er konnte etwas in ihren Augen schimmern und ihre Wangen hinunterlaufen sehen. Waren das Tränen?

Er war hin- und hergerissen. Er wollte den Typen finden, der sie verletzt hatte, und ihn in Stücke reißen. Aber er wollte sie auch in die Arme nehmen und sie trösten. Schließlich siegte das Bedürfnis, sie zu trösten.

„Poppy?"

Sie erschrak und blieb stehen, als sie die Tür erreicht hatte.

Beryl lief zu ihr und drehte sie um. „Was ist los?"

„Nichts, mir geht's gut."

Die Welt färbte sich bei diesen Worten grün. Er packte sie an den Schultern. „Lüg mich nicht an!"

Sie schloss die Augen und zuckte zusammen. Beryl erstarrte. Ringsum blieben alle im Garten stehen und starrten ihn an. Er sah es in den Gesichtern der Elfen.

Brutale Bestie. Unberechenbarer Hulk.

Aber schlimmer noch, er erkannte das auch an den fest zusammengekniffenen Augenlidern seiner Gefährtin. An ihren angespannten Schultern. An ihren stoßweisen Atemzügen. Sie wartete darauf, dass er zuschlug. Wenigstens hob sie dieses Mal nicht die Hände, um ihr Gesicht zu bedecken. Dennoch versetzte ihm ihre Haltung einen heftigen Stich.

Seine Gefährtin hätte den Schlag auf sich genommen, wenn er beschlossen hätte, seine Wut an ihr auszulassen. Er wusste, dass er sie gehen lassen musste, aber er konnte es nicht. Noch nicht. Zuerst musste er sie von neugierigen Blicken fernhalten. Es war ihm egal, was die anderen dachten, nur ihre Meinung zählte.

Beryl trug Poppy ins Schloss. Sie hatte die Augen weiterhin geschlossen und den Kopf an seine Schulter gelehnt. Ihre Tränen versiegten, und ihr Atem verlangsamte sich. Aber das beruhigte ihn nicht. Es war klar, dass sie immer noch auf ihre Bestrafung wartete.

Auf der anderen Seite des Schleiers mussten Bestrafungen etwas ganz anderes bedeuten. Wenn hier ein Mann eine Frau bestrafte, dann nur, um ihr das Mitspracherecht bezüglich ihres Vergnügens zu nehmen, aber nicht das eigentliche Vergnügen.

Offenbar fügten menschliche Männer ihren Frauen tatsächlich Schmerzen zu. Das war etwas, was Beryl nie verstehen würde. Er hatte aus Versehen seine Mutter verletzt, und diese Schande würde ihn für den Rest seines Lebens begleiten.

Beryl betrat sein Schlafzimmer und setzte Poppy auf den Bettrand. Sie rutschte langsam über die Matratze. Als sie das Kopfteil erreicht hatte, lehnte sie sich zurück und spreizte die Schenkel. Sie drehte den Kopf zur Seite und blieb still liegen.

Beryl fühlte sich unwohl, als er sah, wie sie sich ihm auf diese Weise unterwarf. Er würde nach Walhalla reisen und den Bastard finden, der sie missbraucht hatte. Er würde seinen Kopf als Schlagwaffe benutzen und alles kurz und klein schlagen.

„Setz dich auf." Er hatte es als sanfte Aufforderung gemeint, aber es war als geknurrter Befehl herausgekommen.

Poppy tat, was ihr gesagt wurde. Sie begegnete seinem Blick immer noch nicht.

„Du sagst mir, dass es dir gut geht, obwohl das offensichtlich nicht der Fall ist." Beryl holte tief Luft, um sich und den Drachen zu beruhigen. „Es bricht mir das Herz, wenn du mich anlügst. Ich sehne mich nach deinem Vertrauen."

Seine Worte mussten etwas in ihr ausgelöst haben, denn sie drehte sich zu ihm um, und ihre Augen blitzten. „Du willst mein Vertrauen, obwohl du andere Frauen eingeladen hast, sich um deine Bedürfnisse zu kümmern?"

Beryl öffnete den Mund. Dann schloss er ihn wieder. Dann versuchte er es erneut. „Was?"

Poppy biss sich auf die Lippe und schien über die Worte, die aus ihrem Mund gekommen waren, ebenso überrascht zu sein wie er selbst. Doch dann fuhr sie fort, und dabei reckte sie ihr Kinn ein wenig in die Luft. „Du hast mir gesagt, dass ich nirgendwo hingehen kann. Du lässt mich allein und gehst deiner Arbeit nach. Und jetzt bringst du andere Frauen her, die du vögeln kannst."

„Andere Frauen? Zum Vögeln?" Wie konnte sie

nur so etwas denken? Er würde sich eher den Schwanz abschneiden, bevor er auch nur daran denken würde, ihn in eine andere Frau zu stecken. Warum wusste sie das nicht? Er musste es ihr klarmachen.

Beryl stürzte sich auf sie. Er brauchte ihre Nähe, damit sie seine tiefen Gefühle für sie verstehen konnte. Er packte ihre Arme, und sie keuchte. Sie schloss die Augen und drehte ihr Gesicht wieder zur Seite. Ihr gesamter Körper verkrampfte sich. Sie bereute ihre Worte. Angst ließ ihre Nasenflügel beben.

„Ich bin ein Monster", flüsterte er und ließ sie los.

Er fiel auf die Knie und senkte den Kopf. Er hatte sich noch nie bei jemandem entschuldigt. Aber es fühlte sich richtig an, vor seinem kostbaren Schatz zu knien und sie um Vergebung zu bitten.

„Es fällt mir schwer, sanft zu dir zu sein", sagte er. „Ich werde es lernen. Und wenn du mich anlügst, macht mich das verrückt. Wenn du Dinge sagst, die keinen Sinn ergeben, wie zum Beispiel, dass ich jemanden außer dir will, dann weiß ich nicht, was ich tun soll …"

Poppy sah genauso erschrocken und verunsichert drein wie er.

„Ich sollte wissen, was zu tun ist, aber ich weiß es nicht", fuhr er fort. „Ich habe solche Angst, dich zu verletzen, weil ich so stark bin. Und wenn ich dich nicht körperlich verletze, dann auf eine andere Art."

„Es ist in Ord…"

„Nicht." Er hielt ihr einen Finger vor den Mund. „Sag nicht *in Ordnung*. Das ist eine Lüge. Sag mir die Wahrheit."

Poppy kniff die Lippen zusammen. Sie kaute auf ihrer Unterlippe, als wüsste sie nicht, was sie erwidern sollte.

„Du musst verstehen, dass es mir wehtut, wenn es dir nicht gut geht. Ich bin es gewohnt, stark zu sein. Ich weiß nicht, wie ich mit Schwäche umgehen soll. Ich würde alles für dich tun. Aber ich muss wissen, was dich verletzt hat, damit ich es wiedergutmachen kann. Selbst wenn ich es gewesen bin."

„Ich möchte nicht, dass du andere Frauen anfasst", sagte sie schließlich.

„Das habe ich nicht", erwiderte er. „Ich würde es niemals tun. Du bist die Einzige für mich. Ich werde nie wieder eine andere Frau wollen, jetzt, wo ich dich habe."

„Was ist mit den Elfen?"

„Elfen?" Er hatte Aster und die anderen Feen ganz

vergessen, die ihn beim Training beobachtet hatten. Er hatte sie nicht einmal bemerkt, bis Aster ihn angesprochen hatte. „Das liegt alles in der Vergangenheit. Soll ich ihnen sagen, dass sie weggehen sollen?"

„Ich …"

Er ließ sie los und wollte zur Tür hinausmarschieren, aber Poppy sprang auf und hielt ihn am Arm fest. „Ich will nicht, dass du zu ihnen gehst."

„Gut", sagte er. „Ich werde nie wieder mit einer Elfe sprechen. Macht dich das glücklich?"

Sie sah ihn an. Beryl wünschte, er könnte seine Augen weiter öffnen, damit sie direkt in sein Herz sehen könnte. Schließlich nickte sie, allerdings noch etwas unsicher.

„Was kann ich noch tun, um dir zu gefallen?", fragte er.

„Du kannst mich ins Bett bringen."

„Erledigt." Er hob sie in seine Arme und trug sie zurück zum Bett. Das war es, was er die ganze Zeit gewollt hatte, sein Gesicht wieder zwischen ihren Schenkeln zu vergraben.

„Und du kannst mit mir Sex haben", sagte sie. „Auf die richtige Art."

Seine Schritte gerieten ins Stocken. Als er zu ihr hinunterblickte, verfinsterte sich ihr Ausdruck.

„Ich wusste es", flüsterte sie. „Du begehrst mich nicht."

„Ich begehre dich nicht?", wiederholte er. War es das, was sie dachte? „Ich will dich. Ich will dich mehr als alles andere auf der Welt. Aber wenn ich dich beanspruche, wenn ich in dich eindringe, würde ich Aris Herausforderung verwirken. Von Rechts wegen kann er dich ebenfalls beanspruchen."

„Er muss es nicht wissen. Ich werde es ihm nicht sagen. Ich brauche Sex, um zu wissen, dass du mich willst."

Beryl holte tief Luft. Alles, was seine Nasenlöcher füllte, war der Duft von Poppys süßer Erregung. Er vernebelte sein Gehirn und ließ seinen Schwanz hart werden.

„Das dürfen wir nicht." Dies war die richtige Antwort. Warum fühlte sie sich dann so falsch an?

„Es liegt daran, dass ich nicht gut im Bett bin, nicht wahr? Aber ich kann es lernen. Ich werde es lernen. Ich werde alles tun, was du mir sagst."

Beryl setzte Poppy aufs Bett. Dann trat er ein paar Schritte von ihr weg. Diese Worte hatten seinen Drachen aufgewühlt. Die Bestie spannte sich in seinem Inneren an. Wenn sie herauskäme, würde sie Poppy mit Freude angreifen.

Beryl durfte das nicht zulassen. Was, wenn sie

verletzt werden würde? Nein, es gab kein „Wenn". Er würde ihr definitiv wehtun.

„Alles, was ich kann, ist, still dazuliegen", sagte Poppy.

Sie zog die Beine an sich heran und sah dabei äußerst unglücklich aus. Sein Drache wollte nach oben greifen und ihm ins Gesicht schlagen.

„Ich weiß nicht, wie ich mich bewegen soll und kenne keine Sexpraktiken. Ich kann nicht einmal richtig einen blasen. Aber ich habe mich auch nie wirklich bemüht. Bei dir würde ich mich bemühen."

Das war zu viel. Sein Drache brüllte in seinen Ohren. Seine Hose war auf einmal viel zu eng. Der Geruch ihrer Erregung lag schwer in der Luft. Es waren drei gegen einen. Vier, wenn er Poppy mitzählte, die ihn anflehte. In diesem Augenblick wurde Beryl klar, dass dies der erste Kampf war, den er verlieren würde.

KAPITEL ZWANZIG

Es stand ihm ins Gesicht geschrieben: Zögern. Welcher Mann zögerte schon, wenn eine Frau ihm ihren Körper für Sex anbot? Einer, der sie nicht wollte, so einer. Die Elfen hatten recht gehabt. Mit ihr musste etwas nicht stimmen.

Sie drehte ihr Gesicht von Beryl weg, wollte ihn nicht mehr sehen. Vielleicht wäre es das Beste, wenn die Löwen sie gewinnen würden. Denn der Mann, den sie liebte, wollte nichts von ihr wissen.

„Poppy, ich hatte keinen Sex mit dir, weil ich Angst hatte, dir wehzutun."

Sie nahm seine Worte in sich auf und wog sie sorgfältig ab. Nein. Sie ergaben keinen Sinn, egal, von welcher Seite sie sie auch betrachtete.

„Du bist so klein. Du bist ein Mensch mit Fleisch und Knochen. Was, wenn ich dich kaputt mache?"

Poppy drehte ihm ihr Gesicht wieder zu und starrte den großen, starken Mann vor ihr an. „Du hast nicht mit mir geschlafen, weil du Angst hast, mich zu verletzen?" Die Worte klangen lächerlich, als sie sie laut aussprach, aber Beryl nickte.

„Sieh mich an, Poppy." Er hob die Arme und streckte die Hände aus. „Ich könnte dich mit einer Hand zerquetschen."

„Aber du würdest es nicht tun." Das war keine Frage. Sie wusste, dass es wahr war.

Beryl schüttelte den Kopf. Ein Ausdruck der Verzweiflung verdunkelte seine schönen Gesichtszüge. „Du hast keine Ahnung, wie sehr ich dich will."

„Du willst mich?"

„Natürlich will ich dich. Seit der ersten Sekunde, in der ich dich gesehen habe, will ich dich."

„Um deine Bestie zu beruhigen?"

„Ich dachte, ich müsste dich beanspruchen, um Kontrolle über meinen Drachen zu erlangen. Aber das war nicht alles. Für dich zu sorgen, dich zu versorgen, dich zu beschützen, das hat mich wieder ins Gleichgewicht gebracht. Ich brauche keinen Sex, um Kontrolle über meinen Drachen zu haben. Ich brauche dich nur, um bei mir zu sein. Du bist der Mittelpunkt meiner Welt."

Sie fand keine Worte mehr. Die Luft zum Atmen blieb ihr weg. Und auf einmal hatte sie keinen Orientierungspunkt mehr.

Beryls Worte hatten alles durcheinandergebracht. Was oben gewesen war, war nun unten. Was links gewesen war, war nun rechts. Was falsch gewesen war, war jetzt richtig. Sie stand auf.

Beryl legte die Arme um sie. „Ich glaube, das ist es, was man Liebe nennt."

Sie hätte nie gedacht, dass die Liebe zu ihr zurückkehren würde. Zu einer Frau wie ihr, geboren von einer Prostituierten in einer Wohnwagensiedlung. Poppy war ihr ganzes Leben lang benutzt worden. Sie hatte Schläge, Tritte und Beleidigungen eingesteckt, nur um zu überleben. Aber heute war sie der Mittelpunkt des Lebens eines anderen geworden.

Beryl wollte sie nicht körperlich ausnutzen. Er wollte nicht ihre Dienste in irgendeiner Weise in Anspruch nehmen. Er verletzte sie nicht mit Worten oder Gesten. Er hatte Angst, sie zu berühren, weil er dachte, er könnte ihr körperlichen Schaden zufügen.

„Ich will keine andere als dich", fuhr Beryl fort. „Keine Elfe, keine andere Frau, nicht einmal meine eigene Hand. Ich möchte, dass du dich niemals verpflichtet fühlst, mit mir zu schlafen. Du magst eine Opfergabe sein, aber ich würde alles für dich tun."

„Alles?"

„Du musst es nur sagen."

„Ich möchte, dass du mich beanspruchst."

Er sog scharf die Luft ein. Mit diesem Einatmen schien er vor ihren Augen größer zu werden. Seine Brust blähte sich auf. Seine Hände ballten sich zu Fäusten. Poppy war sich ziemlich sicher, dass seine Hose ein gutes Stück enger geworden war.

Er sah aus wie Bruce Banner, der sich in den Unglaublichen Hulk verwandelte. Würde er aus dieser Hose ausbrechen? Oh, hoffentlich würde er das …

„Warte! Um genau zu sein", sagte sie, „will ich *dich* beanspruchen."

Jetzt war es Beryl, der vor ihr zurückwich. Dabei wechselte seine Augenfarbe von braun zu smaragdgrün. Der Drache war nahe an der Oberfläche. Es war deutlich zu sehen, dass der Bestie in ihm diese Aussicht gefiel.

„Ich hielt mich für ein Opfer, nach allem, was ich durchgemacht habe", flüsterte sie.

Poppy beugte sich näher zu ihm. Ihr Kopf reichte

nur bis zu seiner Brust. Sie legte eine Hand darauf. Sein Herz pochte bei dieser Berührung.

„Jetzt sehe ich, dass ich all das nur über mich habe ergehen lassen, um diesen Preis zu gewinnen. Um zu dir zu kommen." Sie schlang beide Hände um ihn. Er war zu groß, als dass sich ihre Finger auf seinem Rücken berühren konnten, also legte sie sie auf seinen Hintern. „Ich beanspruche dich, Beryl. Und ich fordere meinen Besitz jetzt sofort ein."

Er lächelte, und da wusste sie, dass sie ihn hatte.

„Bring mich ins Bett", forderte sie.

Das Zögern auf seinem Gesicht verschwand augenblicklich. Dann lag sie in seinen Armen. Alles verschwamm, und bevor sie erneut blinzeln konnte, lagen sie auf dem Bett.

Er war über ihr, aber sein Körper berührte den ihren nicht. Mit seiner Angst, sie zu erdrücken, würde sie sich später auseinandersetzen. Poppy musste jetzt dafür sorgen, dass ihr Mann nackt wurde. Männer verloren die Fähigkeit zu denken, wenn sie nackt waren.

Sie zerrte am Bund seiner Hose und seiner Shorts. Sie gaben leicht nach. Sie schob sie über seine Oberschenkel und enthüllte einen Muskel nach dem anderen.

Sie staunte über sein riesiges Gemächt. Ihr Beryl

war in der Tat äußerst gut bestückt. Aber sie zweifelte nicht daran, dass er in sie hineinpassen würde. Sie war wie geschaffen für ihn.

Poppy zog sich die Kleidung aus, während er sie noch immer mit seinem Körper und seinen Armen umhüllte. Sein langer, harter Penis streifte ihren Bauch, als sie ihre Sachen abstreifte. Beryl beobachtete sie. Auf seinem Gesicht lag eine Mischung aus Verlangen und Pein.

„Leg dich auf den Rücken", befahl Poppy.

Beryl tat, was sie gefordert hatte. Sein großer Körper legte sich neben ihr aufs Bett. Er stieß einen langen, rauen Atemzug aus, als hätte er gerade das härteste Training seines Lebens hinter sich. Und dabei hatten sie noch nicht einmal angefangen.

Poppy stieg auf ihn. Ihr sexy Lover breitete seinen großen Körper auf dem Bett aus. Er hob die Arme hinter den Kopf und hielt sich an den Gitterstäben des Bettes fest. Sein Blick verweilte mehr auf ihren Flecken als auf ihren Brüsten.

Sie positionierte sich über seinem erigierten Penis. Vorspiel stand heute Abend nicht auf dem Programm.

„Poppy, warte", sagte er. „Du bist noch nicht so weit."

„Ich bin seit der ersten Nacht bereit für dich."

Der Beweis für diese Aussage sammelte sich zwischen ihren Schenkeln, als sie seine Eichel auf ihren Eingang richtete.

Sie begann ihren Abstieg auf ihn. Sie keuchten beide auf, als er in sie eindrang. Die Dehnung war stark, allerdings nicht schmerzhaft. Nicht wirklich. Vor allem nicht, wenn man bedachte, wie sehr sie ihn begehrte, wie sehr sie das hier wollte.

Beryl seinerseits hielt still. Seine Augen leuchteten hellgrün, aber in der Mitte waren sie braun. Mensch und Drache waren in diesem Moment eins und ausgewogen.

„Du bist mein Leben", flüsterte er mit einem Seufzer völliger Zufriedenheit. „Jeder Augenblick, jeder Atemzug wird dir dienen."

Das ließ sie zögern. Sie würde sich nie an seine Komplimente, seine Hingabe, seine Liebe gewöhnen. In ihren Augen sammelten sich Tränen. Beryl ließ das metallene Kopfteil los und schloss sie in seine Arme. Sanft küsste er ihre Tränen weg. Als sie sich in seiner Umarmung entspannte, rutschte sie auf ihn hinunter, bis sie ganz auf seinem Schoß saß.

Sie hatte recht gehabt. Er hatte ihr nicht wehgetan. Er hatte sie mit mehr Güte und Kraft erfüllt, als sie es sich je hätte erträumen lassen.

Poppy hob ihre Hüften, bis er fast aus ihr

draußen war. Langsam glitt sie wieder an seinem Penis hinunter. Beryl seinerseits stützte sie. Seine Lippen ruhten auf den ihren, küssten sie jedoch nicht, sondern teilten nur ihren Atem.

Sie ritt ihn vorsichtig, ohne Eile, tief. Das musste sie auch. Immerhin war er gut bestückt. Wenn sie zu schnell ritt, könnte sie sich sehr wohl verletzen.

Tatsächlich würde sie gleich explodieren. Ihr Orgasmus schlich sich an sie heran. Als er sie erreichte, waren ihre Muskeln so weit gedehnt, ihr Kanal so voll, dass ihr ganzer Körper unter der Wucht des Orgasmus erbebte.

Beryl warf den Kopf zurück und stieß ein tiefes Brüllen aus. Der letzte Millimeter in Poppys Innerem wurde von seinem warmen Samen gefüllt. So verweilten sie, aneinandergedrückt, ohne den geringsten Abstand zwischen ihnen.

„Jetzt gehörst du mir", sagte sie.

Ein leises, zustimmendes Grummeln erklang in seiner Brust.

KAPITEL EINUNDZWANZIG

Das Morgenlicht strich über das Gesicht seiner Gefährtin wie ein Kuss. Erhellte ihre Wange. Brachte Glanz auf ihre Lippen und einen Schimmer auf ihre Wangen. Beryl runzelte die Stirn angesichts der Sonnenstrahlen. Er war eifersüchtig auf deren Wärme, die sie liebkoste.

Die vergangene Nacht hatte alles übertroffen, was er sich je hatte vorstellen können. Poppy über ihm zu sehen, wie sie ihn für sich beansprucht hatte, war das Schönste auf der Welt gewesen. Sein Schwanz wurde hart und begierig, wenn er nur daran dachte. Aber er atmete tief durch, um sich unter Kontrolle zu halten.

Ja, sie hatten zusammengepasst. Allerdings war

es ziemlich eng gewesen. Bestimmt würde sie es heute Morgen spüren.

Sein ganzes Erwachsenenleben hindurch war er ein geiler Bock gewesen. Er wollte noch mehr von seiner Gefährtin, aber er würde warten, bis er sie wieder nehmen würde. Er würde ewig warten, wenn es sein müsste. Hauptsache, er konnte sie in seinen Armen halten, sicher und geborgen und voller Liebe.

Bei der Göttin, er würde ihr bald wieder etwas zu essen geben müssen. Es war gut möglich, dass sie seine Jungen trug. Dieser Gedanke ließ seine Morgenlatte gänzlich verschwinden.

Was, wenn Poppy schwanger war? Was, wenn es Drillinge waren? Er wusste, dass sie Feuer im Blut hatte, aber Drachen zu gebären war dennoch eine gefährliche Angelegenheit, ob die Frau nun ein Mensch oder ein Halbwesen war.

Er hatte seine Mutter bei seinem Eintritt in die Welt in Stücke gerissen. Noch bevor er draußen gewesen war, hatte er in ihrem Bauch die ganze Nahrung gehamstert und seine beiden Brüder geschwächt. Was, wenn er nun ebenfalls eine solche Bestie in sie hineingepflanzt hätte?

Beryl erhob sich aus dem Bett. Er trat hinaus auf den Balkon in die aufgehende Morgensonne. Poppy mochte ihm nun ein fester Anker im Leben sein, aber er war immer noch unsicher aufgrund seiner Vergangenheit.

Er sah Rhoyl, der in Drachengestalt unter einem Baum schlief. Er konnte sich kaum noch daran erinnern, wie sein Bruder in Menschengestalt aussah. Vielleicht würde er ihn nie wieder als Mann sehen. War das auch seine Schuld?

Unten öffnete Ilia die Hintertür, um die beiden Elfen herauszulassen, die Beryl neulich weggeschickt hatte. Ilia bekam immer das ab, was Beryl verschmäht hatte. Seine menschliche Gestalt war dünn und abgemagert, weil Beryl ihm entweder alles wegnahm oder ihm eine Faust in den Mund schlug.

Und hier war Beryl nun, der Größte der drei. Mit einer Gefährtin, die seine Welt aus den Angeln gehoben hatte. Das Leben war nicht fair.

„Hey."

Warme Arme legten sich um ihn, gefolgt von ihrem unverkennbaren, verlockenden Duft.

„Ich habe mir Sorgen gemacht", sagte sie. „Ich dachte, du hättest mich wieder verlassen."

„Niemals." Er zog sie fest an sich. Seine Bedenken, zu grob zu ihr zu sein, zu leidenschaftlich, waren abgeklungen. Aber er war immer noch vorsichtig mit ihr.

„Nein, ich weiß", sagte sie. „Ich muss mich nur an dieses neue Leben gewöhnen. Ich muss mich daran gewöhnen, mit jemandem zusammen zu sein, der mich liebt und der sich um mich kümmern will. Ich lerne immer noch, wie ich das für mich selbst tun kann."

Beryl streichelte ihren Hals. Er fuhr mit seinen Lippen über das Zeichen, das er dort hinterlassen hatte. Dann knabberte er an der empfindlichen Stell hinter ihrem Ohr.

„Ich gab mir selbst die Schuld für all die schlimmen Dinge in meinem Leben", fuhr Poppy fort. „Ich habe mir eingeredet, dass ich es mir selbst ausgesucht hatte, in einer gewalttätigen Beziehung zu bleiben. Zum Teil stimmte das auch. Aber weißt du, was mir klar geworden ist?"

Beryl hörte ihr zu. Aber er zog es vor, die Stelle zwischen ihren Augenbrauen zu küssen, anstatt ihren Worten seine volle Aufmerksamkeit zu schenken. Sonst würde er noch nach Walhalla fliegen, um den Mann zu zerfleischen, der ihr wehgetan hatte.

„Ich habe erkannt, dass ich mir selbst vergeben muss. Genauso wie ich die Kraft gefunden habe, mein neues Leben und meine neue Liebe in

Anspruch zu nehmen, muss ich mich mit meiner Vergangenheit versöhnen und mir selbst verzeihen. Das werde ich tun. Du hast mir geholfen, das zu erkennen."

„Ich?" Er lehnte sich zurück, um ihr direkt ins Gesicht sehen zu können. „Ich habe dir geholfen?"

„Natürlich." Sie grinste. „Ich wäre nicht so stark, wenn es dich nicht geben würde. Ich hätte nicht gewusst, dass ich es kann, wenn du es mir nicht gezeigt hättest."

Beryl sah die Frau an, die er liebte. Sie war klein und schwach zu ihm gekommen. Gestern Abend war sie für sich selbst eingetreten. Sie hatte gefordert, was sie hatte haben wollen. Und obwohl er seine Zweifel gehabt hatte, war sie diejenige gewesen, die ihn beansprucht hatte.

„Meine Stärke zu finden, hat mich zu einer Erkenntnis geführt." Poppy nahm einen tiefen Atemzug. „Ich will deine Kinder haben."

Zum zweiten Mal an diesem Morgen verlor er seine Erektion.

„Ich wollte noch nie Kinder in diese Welt setzen", fuhr sie fort. „Aber wir sind nicht in meiner alten Welt. Dies ist mein neues Leben, und ich kann selbst entscheiden, was ich will. Ich habe gerade einen Drachen für mich beansprucht."

Beryl legte die Hand um ihren Nacken und drückte ihre Stirn an seine Lippen. „Ja, das hast du. Du hast mich beansprucht, und ich gehöre dir."

„Und was ist mit Babys?"

Sein Drache bäumte sich auf und war hellauf begeistert von dieser Idee. Schließlich war das die oberste Priorität in seinem Leben: sich fortzupflanzen. Er wusste, dass Poppy nicht wie seine Mutter war. Seine Mutter war ein Mensch gewesen. Poppy hatte Feuer im Blut. Sie sollte es also überleben.

Es war das *Sollte*, das ihn zögern ließ. Chryssie war erst seit wenigen Monaten schwanger. Doch mit jedem Tag wurde ihr Bauch größer.

Sie besaßen jetzt ein technologisches Gerät, mit der man die Babys sehen konnte. Corun hatte mit Morrigan gefeilscht, damit sie ihm ein so genanntes Ultraschallgerät aus der anderen Welt mitbrachte. Damit konnte er in Chryssies Bauch sehen, obwohl es keinen Schall von sich gab. Sie könnten das Gleiche tun, wenn Poppy schwanger werden würde, um sicherzugehen, dass sich die Jungen gut entwickelten. Aber jetzt noch nicht.

„Ich möchte dich eine Weile ganz für mich allein haben", erwiderte er schließlich.

Sie seufzte und schob ihre Unterlippe vor. Aber sie widersprach nicht. Damit war ein Problem gelöst. Aber ein weiteres schwebte weiterhin drohend über ihnen.

„Was machen wir heute?", fragte sie. „Musst du weg? Gibt es etwas, womit ich dir helfen kann? Oder können wir vielleicht im Bett bleiben?"

„Ich muss trainieren."

„Trainieren? Warum? Oh, warte, sag es mir nicht. Du wirst trotzdem gegen die Löwen kämpfen."

„Natürlich werde ich das. Ich habe das mit ihnen vereinbart. So etwas nehmen wir hier im Schleier sehr ernst. Wenn ich es nicht tue, werden sie hinter dir her sein. Wenn sie herausfinden, dass ich dich für mich beansprucht habe, würde ich sofort als Verlierer erklärt werden."

„Aber ich habe meine Wahl bereits getroffen. Ich habe dich beansprucht."

„So funktioniert das nicht. Zwischen uns beiden schon. Aber nicht zwischen Männern."

Ihr Ausdruck verdunkelte sich. „Das ist doch lächerlich. Ich entkomme der einen frauenfeindlichen Welt und lande mitten in einer anderen."

„Ich werde dich nicht verlieren", versicherte Beryl. „Eher reiße ich Ari den Kopf ab."

Poppy erwiderte nichts darauf.

War das zu heftig für sie? Hatte er sie wieder erschreckt? Er konnte sanft mit ihr umgehen, aber alles und jeder, der sie bedrohte, würde im besten Fall eine Gliedmaße, im schlimmsten Fall das Leben verlieren.

„Ich wollte dich nicht erschrecken", flüsterte er in ihre Haare.

„Ich habe keine Angst vor dir." Sie sah zu ihm auf.

Sie hatte tatsächlich keine Angst. Er spürte, wie sie sich in seiner Umarmung völlig entspannte. Beryl schlang seine Arme fester um sie und drückte sie an sich. Es war eigentlich ein Unterwerfungsgriff, aber er war derjenige, der sich ihrem Willen unterworfen hatte.

„Du bist mein unerschrockener Kämpfer", sagte sie. „Du bist mein Professor Hulk."

„Was ist das?"

„Das ist, wenn Hulk und Bannon in *Endgame* zu einer Einheit verschmelzen."

Endgame? War das eine neue Staffel von *Der unglaubliche Hulk*, die er noch nicht gesehen hatte? Was auch immer es war, es gefiel ihm: ein kluger Hulk. Einer, der nachdachte, bevor er zuschlug.

„Ich fühle mich zum ersten Mal in meinem Leben sicher", sagte sie. „Ich weiß, dass niemand und nichts mir jemals wieder wehtun wird. Aber ich will nicht, dass du verletzt wirst."

„Er wird nicht gewinnen."

Sie kniff die Lippen zusammen und spannte den Kiefer an. Beryl konnte sich nicht zurückhalten. Er umschloss ihre aufeinander gepressten Lippen mit seinen.

Er biss und saugte und knabberte an ihnen, bis sie sich erweichen ließ. Sie legte die Arme um seinen Hals. Ihr Körper presste sich an seinen, bis er ihre harten Brustwarzen spürte.

Es kostete ihn alles, sich zurückzuhalten. „Du wirst deine Wut an mir auslassen dürfen. Allerdings erst später."

Wieder antwortete sie nicht. Ihre weichen Lippen verzogen sich, und sie runzelte die Stirn. Bei der Göttin, sie war so hinreißend, wenn sie wütend war. Er würde zurückkommen und ihr diesen Ausdruck aus dem Gesicht küssen. Und dann würde er sie woanders küssen, um einen ganz anderen Ausdruck auf ihr Gesicht zu zaubern.

KAPITEL ZWEIUNDZWANZIG

Poppy zog eine Jeans an und hatte dennoch das Gefühl, fast nackt zu sein. Die Hose war an diversen Stellen aufgerissen, wie in den Musikvideos von Metal-Bands. Aber wenigstens sah man so ihre Schuppen.

Wow! Wann war das Zeigen ihrer Flecken etwas Positives geworden? Wahrscheinlich als sie gemerkt hatte, dass ihr Gefährte nicht hatte aufhören können, sie zu streicheln und zu küssen.

Also, ja, sie wollte ihre Vorzüge zur Schau stellen, auch wenn sie gerade nicht auf dem Weg zu Beryl war.

Vielleicht lag es an der Erregung, die immer noch zwischen ihren Beinen vibrierte? Vielleicht an ihrem neu gewonnenen Selbstbewusstsein nach dem Ritt auf Beryl? Auf jeden Fall war Poppy entschlossen, ihr Lebensschiff von nun an als Kapitänin zu steuern. Und dazu gehörte auch, diesen dummen Streit um sie zu beenden.

Sie hatte ihren Besitz bereits abgesteckt. Sie würde nie wieder zulassen, dass jemand anderes sie ohne ihre Zustimmung anfasste oder gar Entscheidungen für sie traf. Und das würde Beryl einschließen, wenn er versuchen sollte, sie von ihrer Mission abzuhalten.

Das war der Grund, warum sie sich heimlich nach draußen schlich.

Poppy wusste, dass ihr überfürsorglicher Gefährte nicht davor zurückschrecken würde, sie ans Bett zu ketten. Dagegen würde sie sich kaum wehren können, denn sie wusste, wozu er mit einer kleinen Goldkette fähig war.

Als sie um die Ecke schlich, traf sie auf einen weiteren überfürsorglichen Mann. Elek löste sich aus den Schatten. Die beiden starrten einander an. Elek betrachtete sie mit zusammengekniffenen Augen. Poppy sagte kein Wort, aber sie hatte das Gefühl, dass er genau wusste, was sie vorhatte.

Er wies ihr den Weg zur Tür. „Bleib im Wald. Und denk daran, es braucht Mut, aufzustehen und seine Meinung zu sagen. Aber auch dazusitzen und zuzuhören kostet Kraft."

Mit diesen rätselhaften Worten verschwand er wieder in den Schatten.

Na gut, Rätsel waren nicht so ihr Ding. Aber es war cool, dass sie einen Verbündeten hatte. Und wenn es schiefgehen sollte, würde jemand wissen, wo sie war.

Nicht, dass sie dachte, es würde etwas schiefgehen. Sie hatte ihre Stimme gefunden. Sie würde sie gebrauchen, wenn sie gleich mit der Löwin sprechen würde.

„Halt!"

Poppy schrie auf, und ihre Hand legte sich über ihr Herz.

Cardi brach in schallendes Gelächter aus. Auch wenn sie erwachsen aussah, benahm sich die junge Frau wie eine Jugendliche. Sie trug eine orangefarbene, schulterfreie Bluse, sodass ihre schwarzen BH-Träger zu sehen waren, und einen schwarzen Minirock sowie Leggings darunter. Cardi sah tatsächlich aus wie Madonnas rothaarige Zwillingsschwester.

„Wohin gehst du, nachdem wir alle gerade Hausarrest bekommen haben?", fragte Cardi.

„Ich mache nur einen Spaziergang durch den Garten."

Poppys Wangen färbten sich dunkelrot und machten ihre Coolness zunichte. Als rothaarige Kollegin konnte Cardi ihren Bluff leicht durchschauen.

„Quatsch, du gehst zur Löwenhöhle."

„Woher weißt du das?"

„Ich habe dich und Beryl letzte Nacht bumsen gehört."

Poppy hob ihr Kinn.

„Weißt du, wohin du gehen musst?"

Poppy senkte ihr Kinn wieder.

„Brauchst du eine Reiseführerin?"

„Warum willst du mir helfen?"

„Zweitens, weil wir Schwestern sind und zusammenhalten müssen. Erstens, weil es Kimber wütend machen wird, und ich liebe es, ihn zu ärgern."

„Warum?"

„Nur so schenkt er mir seine Aufmerksamkeit. Eine Art umgekehrte Psychologie oder so. Wie auch immer, lass uns gehen."

Die Sonne stand hoch am Himmel, als sie zur Löwenhöhle schlenderten. Unterwegs schmetterte Cardi das gesamte *Like a Virgin*-Album und überredete Poppy, ein paar Takte von *Get into the Groove* mitzusingen. Und eine ganz und gar nicht jugend-freie Darbietung des Titeltracks des Albums, bei der Cardi während jedes Refrains darauf hinwies, dass Poppy nicht mehr zu diesem Club gehörte.

Trotz der peinlichen Vorstellung war Poppy froh über die Gesellschaft und die Führung. Cardi hatte recht gehabt, Poppy hätte die Höhle niemals allein gefunden.

Sie gingen auf ein paar Bäume mit schmalen Stämmen und breiten, flachen Wipfeln zu, die wie offene Regenschirme voller grüner Blätter aussahen, wie die Bäume aus *König der Löwen*. Aus einer der Reisesendungen, die Poppy gesehen hatte, wusste sie, dass es sich um Akazienbäume handelte, die in ihrer Welt in der Savanne Afrikas, wo die Löwen lebten, weit verbreitet waren.

Ein Löwenwandler öffnete die Tür. Es war nicht Ari, das Arschloch, das Beryl herausgefordert hatte, sondern der andere. Derjenige, der sich an Cardi rangemacht hatte.

„Hey, kleine Sünderin." Er lächelte ein süffisantes Grinsen.

„Hey, Izem. Wir wollen zu deiner Mama."

„Ach, du bist nicht zum Spielen gekommen?" Er sah Poppy an. „Hast du endlich erkannt, dass Beryl ein Brutalo ist, hm?"

„Nein, er ist ganz und gar nicht brutal. Er ist liebenswürdig und sanft und der geduldigste und beste Liebhaber, den ich je hatte."

„So viel wollte ich gar nicht hören, aber okay." Izem drehte sich um und winkte sie in die Höhle. Sie war schwach beleuchtet und roch nach Erde und würzigen Kräutern. Tierköpfe hingen an den Wänden. Felle lagen auf dem Boden. Spätestens jetzt war klar, dass sie sich in der Wohnhöhle eines Raubtiers befanden.

„Das war ja einfacher, als ich erwartet hatte", sagte die Löwin und löste sich aus den dunklen Schatten an der Wand.

Leona neigte den Kopf zur Seite und ließ ihren Blick über beide Frauen schweifen. Dann betrachtete sie Poppy eindringlich. Wieder einmal konnte Poppy nachvollziehen, wie sich eine Gazelle in dem Moment fühlte, in dem sie merkte, dass sie von einem Raubtier entdeckt worden war.

„Ich bin nicht hier, um mich deinem Sohn anzubieten", sagte sie. „In meiner alten Welt gibt es so etwas wie Frauenrechte."

„Ich habe versucht, es ihnen zu erklären", raunte Cardi ihr zu. „Sie kapieren es nicht."

„Menschliche Frauen haben hier keine Rechte",

entgegnete Leona. „Aber es ist süß, dass du denkst, es ginge hier um dich. Selbst Eva war auf Adam angewiesen. Leider kann ich keinem meiner Jungen eine Rippe entnehmen und sie zu einer Frau formen. Ich brauche eine menschliche Frau, wenn meine Gattung weiterleben soll. Wir sind die Letzten unseres Rudels."

„Ich habe meine Wahl getroffen", sagte Poppy. „Ich habe Beryl zu meinem Gefährten gemacht, und ich will niemand anderen."

Poppy sah auf und erblickte Ari, der am Türrahmen lehnte. Er war noch größer, als sie ihn in Erinnerung hatte. Die blauen Flecken in seinem Gesicht ließen ihn gefährlich und bedrohlich aussehen.

„Du sagst, du hast ihn für dich beansprucht?", fragte Leona.

„Ja."

„Im biblischen Sinne?"

Poppy schluckte, als sie daran dachte, was sie gestern Nacht getrieben hatten.

„Nun, dann sieht die Sache ganz anders aus."

Poppy seufzte vor Erleichterung. Es war alles so gekommen, wie Elek gesagt hatte. Sie hatte sich mutig erhoben, indem sie hierhergekommen war. Aber sie hatte auch zugehört, und jetzt war alles zu ihren Gunsten ausgegangen, zum ersten Mal in ihrem Leben.

„Du hast den Pakt gebrochen", fuhr Leona fort. „Das bedeutet, dass Beryls Anspruch auf dich verwirkt ist und du rechtmäßig meinem Sohn gehörst."

„Was? Nein! Ich bin meine eigene Herrin. Ich gehöre niemandem!"

„Pakte sind an diesem Ort heilig. Erinnerst du dich an diese nette Geschichte von Adam und Eva und dem Apfel? Die beiden hat man hier seitdem nicht mehr gesehen."

Aris raubtierhaftes Grinsen wurde noch breiter und verzerrte seine schönen Gesichtszüge.

„Willkommen in der Familie, Liebes." Leona streckte ihre riesigen Pfoten aus und ergriff Poppy.

„Das kannst du nicht tun!", rief Cardi. „Sie steht unter Kimbers Schutz."

„Du auch, aber er hat dich noch nicht beansprucht", erwiderte Leona. „Wir würden uns sehr freuen, wenn auch du zur Familie stößt."

„Ja", ergänzte Izem. „Sehr."

KAPITEL DREIUNDZWANZIG

Beryl holte tief Luft und machte einen Schritt nach vorn. Dann hielt er inne und hob den Fuß wieder, ging aber nun rückwärts. Diesen Tanz hatte er jetzt bereits volle 30 Minuten ausgeführt.

Rhoyl und Ilia prügelten sich im Garten. Rhoyl hatte eine Wunde, aus der Blut über seinen rechten Unterschenkel floss. Ilias linke Schulter hing ein wenig tiefer als die Rechte. Wahrscheinlich war sie ausgekugelt, nicht gebrochen. Gut, es war kein echter Kampf, sie tollten nur miteinander herum.

Warum war es so schwer, auf seine Brüder zuzugehen? Beryl wusste, was er ihnen sagen wollte. Zumindest dachte er das. Er wollte Poppys Rat befolgen und sich bei ihnen entschuldigen. Er hatte sich selbst verziehen, dass er an ihrer schweren Geburt und an ihrem jetzigen Zustand Schuld war. Er hob erneut den Fuß, nur um ein weiteres Mal innezuhalten und wieder rückwärts zu gehen.

„Was tust du da?"

Beryl zuckte zusammen, als er Kimbers Stimme hörte. Dieser stand in der Tür und sah ihn fragend an. Verwirrung war auf seinem strengen Gesicht zu sehen.

„Nichts." Beryl kickte gegen einen Kieselstein im Gras.

Kimber stand weiterhin geduldig da und beobachtete seinen jüngeren Bruder. Obwohl er kein Wort sagte, sprachen seine Gesichtszüge Bände. Kimber war wie ein Vater für ihn, für sie alle. Ihr richtiger Vater hatte sich nur um Fortpflanzung gekümmert, allerdings nicht um seinen Nachwuchs, als er schließlich geboren worden war.

Es war Kimber, der ihre Schürfwunden, Prellungen und Knochenbrüche versorgt hatte. Er hatte ihnen beigebracht, nach ihren Schätzen zu graben. Er hatte sie überredet, Gemüse zu ihrem rohen Fleisch zu essen.

„Hey, Kimber. Ich wollte nur sagen … Du weißt schon … Danke."

„Wofür?"

„Du bist ein guter großer Bruder, das ist alles."

Kimber hob eine Augenbraue. „Du hast sie für dich beansprucht, nicht wahr?"

„Ja, aber das ist nicht der Grund …"

Kimber brüllte die Namen seiner Brüder, und Beryl verzog das Gesicht, als diese herüberliefen. Rhoyl leckte sich das Hinterbein, sein Maul war purpurrot. Ilia kugelte seine Schulter wieder ein. Die Gelenke knackten, bevor sie wieder an ihren Platz zurückschnappten.

„Ich möchte, dass ihr beide von nun an in den Minen alles gebt", hob Kimber an. „Wir müssen die Produktion hochfahren. Jetzt, wo wir drei weitere Mäuler zu stopfen haben und noch mehr unterwegs sind. Und dann ist da noch die Sache mit Beryls bevorstehendem Kampf."

„Warum ist der Kampf wichtig?", fragte Ilia. „Es ist ja nicht so, dass Beryl verlieren wird. Er verliert nie."

Ilia rieb sich einen blauen Fleck am Hals, den Beryl ihm vor ein paar Tagen verpasst hatte.

„Er hat bereits verloren", entgegnete Kimber. „Er hat gestern Abend Poppy beansprucht."

„Ja", sagte Ilia. „Wir haben sie gehört."

„*Sie* hat *mich* beansprucht", erwiderte Beryl und erschrak. Er hatte nicht vorgehabt, das zuzugeben.

„Ja, das hat sie. Sie wollte selbst entscheiden. Und sie hat mich gewählt."

„Du Glücklicher", sagte Ilia, konnte seinen Neid jedoch nicht verhehlen. „Da hast du einen guten Fang gemacht."

„Du bist der Nächste", sagte Beryl.

Ilia zuckte mit den Schultern. „Wenn die Walküren noch mehr Frauen mit Feuer im Blut finden. Wer weiß, wie lange das noch dauern wird."

„Ich werde ein paar meiner Edelsteine beisteuern", bot Beryl an.

„Ich brauche deine Almosen nicht", entgegnete Ilia.

„Das sind keine Almosen", protestierte Beryl. „Ich will dir helfen."

„Warum solltest du mir helfen?", fragte Ilia.

Jetzt war es Beryl, der mit den Schultern zuckte. „Ich bin kein guter Bruder gewesen. Zu keinem von euch." Er hob den Kopf und sah Rhoyl an. „Ich dachte, der Größte und Stärkste zu sein, wäre das Wichtigste. Aber Poppy hat mir gezeigt, dass das nicht stimmt. Sie hat mich gelehrt, zärtlich zu sein, und dass man dadurch auch Stärke zeigt."

Beryl machte einen Schritt auf Ilia zu.

Dieser hob die Fäuste.

Beryl seufzte und breitete die Arme aus. „Ich wollte dich nur umarmen."

„Warum?" Ilia ließ seine Deckung nicht fallen.

„Ich versuche, mich zu entschuldigen und ein fortschrittlicher, gefühlvoller Mann zu sein."

„Ich war mein ganzes Leben lang fortschrittlich", sagte Ilia. „Lange vor dir."

„Hier geht es nicht darum, wer besser ist." Beryl ballte vor lauter Frust die Fäuste.

Ilia schaute skeptisch drein. Rhoyl ebenfalls. Verdammt – Kimber auch.

„Ich will damit nur sagen, dass ich mein ganzes Leben lang eine Bestie war. Ich versuche dazuzulernen, ein besserer Mensch zu sein. Und ein guter Mensch entschuldigt sich für seine Fehler."

„Welche Fehler?", fragte Kimber.

„Den Ersten", sagte Beryl. „Unsere Mutter umgebracht zu haben."

„Nein!" Kimber packte Beryls Schultern. „Das war nicht deine Schuld. Keiner von uns ist daran schuld. Wir alle hätten unsere Mütter gerettet, wenn wir es gekonnt hätten. Und ich weiß ganz genau, dass eure Mutter jeden von euch geliebt hat. Ich war dabei."

„Ich habe sie aufgerissen", sagte Beryl.

„Aufgerissen? Nein. Sie starb, bevor ihr beide

euren ersten Atemzug getan habt. Ihr Körper wollte euch nicht hergeben. Vater riss jeden von euch aus ihr heraus, bevor sie starb."

„Wirklich?" Beryls Augen blitzten smaragdgrün auf. Er hatte seinen Vater schon immer gehasst, aber diese neue Information schürte die Wut in seinem Inneren nur noch mehr. „Warum hast du uns das nicht schon früher gesagt?"

„Ich wusste es." Ilia hob die Hand.

„Ich wusste nicht, dass du das denkst", erwiderte Kimber.

„Trotzdem habe ich die meiste Nahrung im Mutterleib zu mir genommen", fuhr Beryl fort. „Auch als ich draußen war."

„Hat es einem von euch in eurem Leben an etwas gemangelt?", fragte Kimber. „An Essen? Wasser? Wein? An einem Dach über dem Kopf? Ihr hattet alles. Du hast dich entschieden, stärker zu werden. Und als du das getan hast, hast du dadurch auch deine Brüder stärker gemacht."

Beryl wollte den Worten seines älteren Bruders gerne glauben. Er war sich nur nicht sicher, ob seine jüngeren Brüder das ebenso sahen.

„Ich wusste, dass Vater sie aufgeschlitzt hat, als ich noch ein Jungtier war", sagte Ilia. „Er hat es mir erzählt. Er hat mir gesagt, dass er erwogen habe, mich in ihr verrotten zu lassen."

„Du hast dich an beide geklammert", sagte Kimber zu Beryl. „Du wolltest sie nicht loslassen. Das habe ich dir doch bereits erzählt."

Das hatte er. Nur Beryl hatte es anders in Erinnerung gehabt. Er hatte seine Brüder nicht zurückgedrängt. Er hatte versucht, sie nach vorne zu schieben. Die ganze Zeit über hatte Beryl gedacht, er wäre der Böse gewesen.

„Dein Drache hat immer etwas oder jemanden beschützen wollen." Kimber legte eine Hand auf Beryls Schulter. „Und jetzt hast du sie."

„Hoffentlich kann er sie behalten", sagte Ilia. „Vielleicht ist das mit dem Entschuldigen ein Zeichen von Schwäche und er kann Ari nicht mehr schlagen."

„Ilia, das reicht!", warnte Kimber.

Eine Sache, die sich zwischen Beryl und seinen Brüdern nie ändern würde, waren ihre ständigen, gegenseitigen Sticheleien. Sie mochten zwar keine großen Umarmer sein, aber Schwächlinge waren sie auf keinen Fall. Und genau wie bei den Käfigkämpfen oder in der Bar, als Ari versucht hatte, Poppy zu entführen, würden seine Brüder immer für ihn da sein. Bereit, Kämpfe auszutragen oder zu beenden.

„Vielleicht kann ich mit Leona sprechen", schlug Kimber vor.

„Zu spät, das versucht Poppy bereits", sagte Elek.

Sie drehten sich alle um, als Elek aus den Schatten auftauchte, genüsslich einen Apfel mampfend.

„Sie und Cardi sind schon vor einer Weile zur Löwenhöhle gegangen."

„Warum hast du sie nicht aufgehalten?", fragte Kimber.

„Es schien mir nur richtig, dass Frauen unter Frauen reden."

Kimber und Beryl sahen einander an. Dann verwandelten sie sich augenblicklich und erhoben sich in die Lüfte.

KAPITEL VIERUNDZWANZIG

„ $\mathcal{M}$ ama, das ist nicht fair.“

„Das Leben ist nicht fair, mein Kleiner.“ Leona gab Ari einen Klaps auf die Wange, der dennoch blutige Kratzer hinterließ.

Sie klang wie eine besorgte Mutter, als sie mit Ari sprach, aber der feste Griff, mit dem sie Poppys Arm umklammerte, erinnerte eher an die böse Stiefmutter. Sie gingen einen langen, dunklen Gang entlang. Die Löwenhöhle ähnelte derjenigen, in der Beryl seine Smaragde abbaute. Nur, dass diese Felsen keinerlei Juwelen enthielten. Keine Edelsteine funkelten darin.

Als Poppy nach der Inhaftierung ihrer Mutter abtransportiert worden war, hatte sie sich stillschweigend in ihr Schicksal ergeben. Als Bruce beschlossen hatte, dass sie eine gute Hausangestellte sein würde, war sie ebenfalls ohne Murren mit ihm gegangen. Sie war schließlich Beryl ohne Widerrede gefolgt. Aber dann hatte sie Rückgrat bewiesen. Wahrscheinlich, als Beryl sie so leidenschaftlich liebkost hatte, dass sich ihr Rücken wieder aufgerichtet hatte.

Orgasmen können Wunder bewirken, wenn man sie der richtigen Frau verpasst.

Poppy versuchte verzweifelt, sich aus Leonas Griff zu befreien. Leider vergeblich. Vielleicht war die Löwin in ihrem Leben mit zahlreichen Orgasmen beglückt worden? Immerhin hatte sie sechs Kinder.

Obwohl sie körperlich schwächer war als Leona, ließ sich Poppy nicht unterkriegen. Sie würde nicht stillschweigend mitgehen. Sie hatte endlich ihre Lebensaufgabe gefunden. Diese wollte sie nicht an einen langmähnigen Rohling verlieren.

„Ich werde nicht fügsam sein", sagte Poppy.

„Gut", schnurrte Leona. „Ich möchte nicht, dass meine Enkel von einem Schwächling geboren werden. Eine Mutter mit Rückgrat wird dafür sorgen, dass sie stark sind."

„Ich hatte bereits Sex mit Beryl. Wahrscheinlich bin ich jetzt mit seinen Drachenbabys schwanger."

Das ließ Leona kurz innehalten. Ihre Lippen verzogen sich, und ihre Eckzähne blitzten hervor.

„Das Risiko gehe ich ein", erwiderte Leona schließlich, als sie Poppy in ein Zimmer schob.

„Was zum …? Privatsphäre, Mama! Wir haben doch darüber gesprochen."

Poppy hatte gedacht, Izem und Ari seien groß. Der Mann, der aus dem Bett sprang, war so riesig, dass er den Kopf ein wenig einziehen musste, um nicht an die Decke zu stoßen. Wenn er seine Arme ausstrecken würde, könnte er die gegenüberliegenden Wände des Zimmers berühren. Allein seine halbe Brust war so groß wie ihr Körper.

„Ich habe dir etwas mitgebracht, Leander. Oder besser gesagt, jemanden."

Leanders Hose hing tief auf seinen Hüften. Seine Fingerspitzen waren mit dunklen Flecken übersät, und auch um seinen Mund herum hatte er ein paar dunkelblaue Flecken. Er hob die Decke an, um etwas darunter zu verstecken. Dann drehte er sich zu Poppy um.

Diese wich einen Schritt zurück. Leanders Gesicht war zu einer ständigen Grimasse verzogen. Aber als sie ihm in die Augen blickte, sah sie darin nicht die Bosheit, die in den Augen von Bruce oder ihrem Peiniger gelegen hatte.

„Warum riecht sie nach Beryl?", fragte Leander.

„Der Drache hat den Pakt gebrochen", erwiderte Leona.

„Gebrochen? Du meinst, er hat sie beansprucht."

„Sie gehört jetzt uns. Als Ältester wirst du sie für dich beanspruchen."

Draußen vor der Tür murmelte Ari etwas über den Geburtskanal und große Köpfe.

„Ich werde sie nicht beanspruchen", protestierte Leander. „Sie stinkt nach Drache."

„Halt dir die Nase zu. Streichle sie einfach mit deiner Rute und mach sie schwanger mit Jungen."

„Mama …"

„Beeil dich!" Leona hatte sich bereits aus dem Zimmer zurückgezogen. Die Tür knallte zu. Gefolgt von dem Geräusch von etwas, das wie ein sich schließender Riegel klang.

Leander warf die Hände in die Luft. Dabei rutschte seine Hose noch ein wenig tiefer und entblößte seine Schamhaare. Poppy wandte den Blick ab.

„Oh, das tut mir leid." Er griff nach einem Hemd und zog es sich über den Kopf. „Und auch das mit meiner Mutter tut mir leid. Sie kann über die Stränge schlagen, wenn es um ihre Jungs geht."

Leander war kein Jungtier mehr. Ari und Izem auch nicht.

Poppy drückte sich in die Ecke und sah sich nach etwas um, womit sie ihn abwehren könnte.

Leander hielt seine riesigen Pfoten hoch. „Hey, hey, beruhige dich, kleines Mädchen."

„Nenn mich nicht klein. Ich bin kein kleines Mädchen. Ich bin eine erwachsene Frau."

„Tut mir leid, das war ein wenig frauenfeindlich von mir, nicht wahr?"

Poppy antwortete nicht darauf.

„Ich werde dir nicht wehtun. Ich weiß nicht, wie du hierhergekommen bist, aber ich weiß, dass Beryl hinter dir her ist und jeden Moment hier sein wird. Möchtest du etwas Tee, während wir warten?"

Er ging hinüber zu einem Teeservice in der Ecke des Zimmers. War das ein Trick? Wollte er sie in ein falsches Gefühl der Sicherheit locken, um sich dann auf sie zu stürzen?

„Wenn ich es mir recht überlege", sagte er mit der zierlichen Teetasse in der Hand, „wäre es vielleicht besser, wenn wir uns auf getrennten Seiten des Zimmers aufhalten. Wenn Beryl kommt, wird er Blut sehen wollen, und dazu bin ich heute Abend einfach nicht in der Lage. Ich habe nach unserem Kampf neulich eine Massage von ein paar Elfen bekommen, und meine Muskeln sind schön entspannt."

„Das stimmt", sagte sie. „Beryl kommt mich holen, und er wird dir in den Arsch treten, also bleib mir besser vom Leib."

„Ja, du hast recht. Auch wenn das die Schuld meiner Mutter ist. Aber ich bezweifle, dass Beryl sich die Zeit nehmen wird, sich meine Erklärungen anzuhören." Leander seufzte und stellte die für sie bestimmte Teetasse auf das Bett zwischen ihnen. „Ich wollte eigentlich nur einen ruhigen Abend zu Hause verbringen."

Er hob seine Teetasse. Sein kleiner Finger reckte sich nach oben, wie es sich für einen echten britischen Gentleman gehörte. Er schürzte die Lippen, trank einen Schluck und seufzte zufrieden.

„Ich bin Pazifist. Ein Liebender, kein Kämpfer. Aber ich bin auch ein Muttersöhnchen. Ich kämpfe, um ihr zu gefallen. Du weißt ja, wie das mit Müttern so ist."

„Meine Mutter ist tot. Sie starb in einer Gefängniszelle, nachdem sie den Mann getötet hatte, der mich als Kind angefasst hat."

„Das tut mir leid." Der Löwe von einem Mann sah tatsächlich traurig aus. Dann hoben sich seine Brauen bis zum Haaransatz. „Weiß Beryl das?"

Poppy nickte.

„Und jetzt bist du gegen deinen Willen mit mir in einem Zimmer gefangen, nachdem er sich mit dir gepaart hat. Toll, er wird hierherkommen, den Hulk rauslassen und meine Stimmung total versauen. Ich habe keine Lust auf Wrestlemania IV."

Poppy hatte keine Ahnung, wovon dieser riesige Löwenmann da redete. Aber es klang, als ob er Beryl kannte und wusste, wozu dieser fähig war. Seine Worte und sein Benehmen machten deutlich, dass er Poppy tatsächlich nichts Böses wollte. Sie beschloss, ihrem Bauchgefühl zu vertrauen und Leander als Freund und nicht als Feind zu betrachten.

Sie setzte sich auf sein Bett. Dabei flatterte ein Blatt Papier herunter. Poppy konnte ein paar der Worte darauf ausmachen.

„Lies das nicht!" Ein leises Knurren drang aus Leanders Kehle. Der gutmütige Riese wurde auf einmal bedrohlich.

Offenbar funktionierte ihr Bauchgefühl immer noch nicht richtig.

KAPITEL FÜNFUNDZWANZIG

Beryl schlug auch mit den Beinen aus, während er durch die Lüfte flog. Er wusste, dass das nichts nutzte, aber er wollte dennoch alles tun, um schneller zu ihr zu gelangen.

Was hatte sie sich nur dabei gedacht, in die Löwenhöhle zu gehen? Hatte sie nicht ihre Lektion gelernt, nicht auf eigene Faust loszuziehen? Was hatte sie damit bezweckt?

Zog sie Ari ihm vor? Allerdings konnte sich Beryl darauf keinen Reim machen. Der Löwenwandler rang weder, noch boxte er. Er mochte Karate.

Vielleicht hatte Poppy ein Auge auf Izem geworfen? Izem hatte eine abenteuerliche Ader. Er war immer in den Weiten des Schleiers unterwegs und verbrachte die Nächte in der Wildnis. Beryl wusste, dass Poppy auf Entdeckungsreisen gehen wollte.

Oder vielleicht war sie an Leander interessiert. Leander war fast so groß wie Beryl. Aber er wusste, dass der Löwenwandler eine softe Seite hatte, die er nur denen zeigte, denen er vertraute. Vielleicht sehnte sich Poppy danach? Vielleicht wollte sie lieber den sensiblen Löwen als den brutalen Drachen.

Tief in seinem Herzen wusste Beryl jedoch, dass das nicht stimmte. Er hatte ihr geglaubt, als sie ihm ihre Liebe erklärt hatte. Dennoch wurde er seine Zweifel nicht ganz los.

Die Baumkronen des Löwengebiets kamen in Sichtweite. Als er die Löwenhöhle erreichte, machte er sich sofort daran einzudringen. Er hatte damit gerechnet, vor dem Eingang auf mindestens zwei der Jungtiere zu stoßen. Aber er war unbewacht. Die Tür stand sogar offen.

War das ein Trick?

Kimber war an seiner Seite. Außerdem Ilia. Die anderen drei waren zu Hause geblieben, um Chryssie zu beschützen.

Beryl schlug die Tür aus den Angeln. Das war unnötig gewesen, schließlich war sie offen und unbewacht gewesen. Aber er war so wütend, dass er

Dampf ablassen musste. Professor Hulk zog sich zugunsten von World War Hulk zurück, und dieser würde alles kurz und klein hauen, was ihm in die Quere kam.

Sie war hier. Ihr berauschender Duft erfüllte den Eingangsbereich. Nirgendwo gab es Anzeichen von Gewalt. Weshalb auch immer sie hierhergekommen war, sie hatte es freiwillig getan.

Vielleicht war es so, wie Elek gesagt hatte, dass Poppy versucht hatte, Leona zur Vernunft zu bringen und den Kampf abzublasen, jetzt, da sie ihn beansprucht hatte. Leider wusste Beryl, dass das so nicht funktionierte. Schon gar nicht mit Leona, die immer noch in den alten Sitten verhaftet war.

Die Löwin würde einmal an Poppy schnuppern, riechen, dass sie beansprucht worden war, und verkünden, dass der Pakt gebrochen worden war. Wenn Leona die Walküren vor eine Entscheidung stellte, würden diese zu ihren Gunsten entscheiden. Deshalb musste Beryl seine Gefährtin zurückfordern und dann Ari zu Brei schlagen, damit ihm niemand mehr Poppy streitig machen konnte.

Sie gehörte ihm. Für immer.

Stimmen drangen aus der Höhle. Beryl kannte den Weg, denn er war als Jungtier oft hier gewesen und hatte mit den jungen Löwen getobt. Ein glockenhelles, weibliches Lachen und ein tiefes, männliches Lachen drangen aus dem Inneren. Gelächter? Beryls Blut gefror augenblicklich in seinen heißen Adern.

Er sah eine Rothaarige, die sich über eine blonde Mähne beugte. Verdächtig nahe. Das war keine Verhandlung. Es war Flirten.

Ein Brüllen drang aus seiner Kehle. Der Löwe drehte sich um, seine Augen leuchteten goldgelb und suchten nach dem Eindringling. Ein weiteres Augenpaar funkelte ihn an, und es schaute entrüstet und nicht im Geringsten ängstlich drein.

„Cardi?", fragte Beryl.

„Alter, nimm eine Beruhigungspille", erwiderte diese.

Beryl sah sich nach Poppy um. Sie war nirgends zu sehen.

„Cardinal, was tust du da?", fragte Kimber.

„Wonach sieht es denn aus? Ich führe ein privates Gespräch mit meinem guten Freund hier."

Izem wackelte mit den Augenbrauen und sah Kimber kurz an, dann wandte er sich wieder Cardi zu. „Du hast so wunderschöne Lippen. Hat dir das schon mal jemand gesagt?"

„Nein", kicherte Cardi. „Jemand hat mir mal

gesagt, dass ich nervige Lippen habe, aber ich glaube, das ist nicht dasselbe."

„Izem", knurrte Kimber, „geh weg von ihr."

Izem sah zu Cardi. Diese starrte Kimber an.

„Er muss nirgendwo hingehen", entgegnete Cardi. „Er hat mich um ein Date gebeten."

„Er hat was getan?", rief Kimber.

„Und ich habe ja gesagt."

„Das kannst du nicht. Du bist meine …"

„Deine was?" Cardi sprang auf und stellte sich vor Kimber. „Ich bin nicht deine Gefährtin. Du hast mich nie beansprucht. Ich glaube nicht, dass du das jemals tun wirst. Ich glaube nicht, dass du das willst. Also mache ich Schluss mit dir."

„Du machst mit mir Schluss?" Kimber betonte jedes Wort einzeln.

„Du hast mich schon verstanden."

„Hey!", rief Beryl. „Wo ist meine Gefährtin?"

„Sie ist in Leanders Zimmer", antwortete Ari.

Ari lehnte an einer Wand. Er trug seinen weißen Karateanzug und hatte den Gürtel locker um die Taille gebunden. Er grinste wie der Sensei von Cobra Kai in dem *Karate Kid*-Film, als er den unerfahrenen Daniel zu einem Kampf mit seinem Schützling herausforderte.

„Aber du wirst wahrscheinlich erst anklopfen müssen."

Alles um Beryl herum wurde grün. Er setzte sich in Bewegung und ließ das Gezeter zwischen Cardi und Kimber über den Stand ihrer Beziehung hinter sich.

Beryl folgte Poppys Geruch den Flur entlang. Er wusste, wo sich Leanders Zimmer befand, da er in seiner Jugend oft in diese Höhle gekommen war. Nach dem Kampf vor ein paar Tagen hatte er bezweifelt, dass er noch einmal hierher eingeladen werden würde.

Aber jetzt war er hier. Inmitten der Löwenhöhle. Seine Krallen waren ausgefahren, und in seinem Inneren tobte ein Feuer und wollte sich seinen Weg nach draußen bahnen.

Er wusste, dass er Leanders Zimmer nicht mit lodernden Flammen betreten konnte. Poppy war da drinnen. Beryl wusste auch, dass Leander im Gegensatz zu Ari Respekt vor dem Besitz anderer hatte.

Allerdings hätte Beryl den Mann vor ein paar Tagen fast umgebracht. Was, wenn Leander ihm nicht verziehen hatte? Was, wenn er beschlossen hatte, dass Vergeltung angebracht war? Beryls Leben, namentlich Poppy, für das Leben, das Beryl ihm fast genommen hätte?

Als Beryl vor Leanders verschlossener Tür stand, hörte er leise Stimmen dahinter. Diese Stimmen klangen nicht nach Zwang. Sie klangen auch nicht nach Aggression.

Beryl griff nach dem Knauf und drehte ihn. Die Tür bewegte sich nicht. Er schaute nach unten und stellte fest, dass dort ein Riegel war. Sie waren zusammen in dem Zimmer eingeschlossen worden. Von außen.

„Ich bin vielleicht groß, aber in meinem Inneren ist es warm. Ich habe eine Menge Muskeln, aber auch eine Menge Charme. In meinem Herzen ist Liebe, wie es sein muss. Und mein Gehirn ist viel größer als eine Erdnuss."

Beryl wich ruckartig von der Tür zurück. Leander rezitierte seine schrecklichen Reime. Der Löwe hatte Beryl seine poetischen Ergüsse vorgetragen, als sie jünger gewesen waren. Beryl hatte versucht, nicht zu lachen ... und war gescheitert. Leander war damals größer gewesen und hatte Beryl in den Würgegriff genommen. Der Löwe hatte ihn hoch und heilig versprechen lassen, sein Geheimnis zu wahren.

„Das war ...", Poppy klang etwas unsicher und verstummte, riss sich dann aber offenbar zusammen, „... sehr interessant."

„Danke." Leander schien aufrichtig erfreut zu sein. „Kennst du André the Giant? Er spielte einen Dichter in dem Film *Die Braut des Prinzen*."

„Ja, den Film habe ich gesehen."

„Hast du ihn kennengelernt? Wie ist er so?"

„Ich habe ihn nicht kennengelernt. Er ist vor etwa 20 Jahren gestorben."

„Er ist … was?"

Beryl hatte genug gehört. Er hob den Riegel an, der die Tür verschloss, und zog sie auf. Sowohl Poppy als auch Leander blickten auf, aber nicht erschrocken. Leanders Gesicht wandelte sich von Verärgerung zu Besorgnis. Poppys Gesichtszüge wechselten von entspannt zu erfreut und dann zu skeptisch.

Sie saßen mit gekreuzten Beinen auf dem Bett. Zwischen ihnen war ein respektabler Abstand. Trotzdem mochte Beryls Drache kein anderes lediges Männchen in der Nähe seines Weibchens sehen. Der Raum färbte sich smaragdgrün, als die Bestie die Kontrolle übernahm.

KAPITEL SECHSUNDZWANZIG

Ein dunkler Schatten fiel von der Tür herein. Aber das Einzige, was Poppy sah, war das Licht in Beryls grünen Augen. Früher hatte sie sich jedes Mal davor gefürchtet, wenn Bruce die Tür zu ihrem Schlafzimmer verdunkelt hatte. Ihr Herz setzte ein paar Schläge aus, und ihr wurde ganz warm bei Beryls Anblick.

„Es ist nicht das, wonach es aussieht", sagte sie.

Als Antwort darauf knurrte er lediglich. Sein Blick war an ihr vorbei auf Leander gerichtet. Der Löwenwandler blieb ganz ruhig auf der Matratze sitzen und sah Beryl an.

Oh, nein. Sie wollten kämpfen. Das, was Poppy hatte verhindern wollen, war im Begriff zu geschehen.

„Beryl", sie kniete sich aufs Bett und hielt die Hände hoch. „Ich möchte, dass du ruhig bleibst und nicht ausflippst."

Er blinzelte einmal. Sein Kopf drehte sich langsam zu ihr. Das Grün flammte noch immer um seine Pupillen. Aber er sah nicht wütend aus. Er sah nicht aus wie eine blutrünstige Bestie. Sein grüner Blick war klar, konzentriert, klug.

„Ich bin gekommen, um zu versuchen, den Kampf zu beenden", sagte sie.

„Das habe ich mir schon gedacht."

Er streckte die Hand nach ihr aus, und sie kam zu ihm. Er umarmte sie – warm, fürsorglich, voller Liebe. Doch in dem Moment, als sie dachte, sie würde glücklich ihren letzten Atemzug tun und bereitwillig in seinem Duft ertrinken, ließ Beryl sie los. Sein Blick landete wieder auf Leander.

Leander stand auf. Zwischen ihm und Beryl war ein großer Abstand. Trotzdem hob er die Hände. „Das war die Idee meiner Mutter."

„Das habe ich mir auch gedacht", erwiderte Beryl. „Poppy kam mit meinem Geruch hierher, und Leona hat euch beide hier eingesperrt."

„Ja." Leander ließ die Hände sinken. „Genau das ist passiert."

„Leander will auch nicht kämpfen. Er ist ein Pazifist und ein romantischer Dichter."

„Das müssen wir wirklich nicht öffentlich herumerzählen, Pop", sagte Leander.

Ein bedrohliches Grollen dröhnte aus Beryls Brust.

Leander zuckte zusammen. „Es war wohl keine gute Idee, deiner Gefährtin einen Spitznamen zu geben."

„Das heißt, wenn sie immer noch meine Gefährtin sein will." Beryl schluckte und sah weg.

„Wisst ihr was?", schlug Leander vor „Ich werde euch allein lassen. Aber wenn ihr es auf meinem Bett treiben wollt, dann nehmt bitte die Laken mit." Mit diesen Worten verließ der Löwenwandler den Raum.

Poppy umarmte den Mann, den sie liebte. „Was redest du denn da? Natürlich will ich noch immer deine Gefährtin sein."

„Ich weiß nicht, ob ich das schaffe, Poppy."

„Was schaffen?"

„Er sein." Er fuhr mit den Händen über seinen großen Körper.

„Wer?"

„Professor Hulk", erwiderte Beryl. „Ich denke nicht immer nach, bevor ich handle. Ich frage nicht immer, bevor ich zuschlage. Mein Instinkt will das beschützen, was ich liebe, und das bist vor allem du."

Beryls Hände wanderten zu seinem Kopf. Er drückte seine Augen zu und knetete seine Schläfen. Poppy schob seine Hände beiseite und übernahm das für ihn.

„Das ist nicht wahr. Beryl, ich habe dich gewählt, weil du für mich gekämpft hast. Ich habe dich gewählt, weil du bei allem, was du tust, an meine Freude und mein Wohlbefinden denkst."

Er öffnete die Augen. Braun vermischte sich mit smaragdgrün, und an den Rändern seiner Pupillen leuchtete ein Feuer.

„Ich habe dich gewählt, weil du von mir verlangst, dass ich mich so gut behandle, wie du mich behandelst. Ich habe dich gewählt, weil du mich, ein Stück Dreck, in einen Schatz verwandelt hast."

„Du *bist* ein Schatz." Er hauchte die Worte, während er jede einzelne ihrer Fingerspitzen küsste. Sein Atem bebte, als seine Lippen ihre Haut berührten.

„Und du bist *mein* Schatz", sagte sie. „Deshalb werde ich dich bestrafen müssen."

„Mich bestrafen?"

Poppy nickte. „Dafür, dass du das, was mir auf

der Welt am wichtigsten ist, herabgesetzt hast, musst du deine Lektion lernen."

Ein verruchtes Grinsen umspielte Beryls Mundwinkel.

„Ich werde deine empfindlichste Stelle lecken", sagte sie und streichelte die Vorderseite seiner Hose, durch die sich bereits sein harter Schwanz drückte. „Du wirst dastehen und es dir gefallen lassen. Wenn du es wagst, mir zu sagen, dass ich aufhören soll, werde ich dich noch fünf Minuten länger lecken. Hast du mich verstanden?"

„Ja, mein Schatz."

Beryl fuhr mit den Fingern durch ihre Haare. Mit einer Drehung seines Handgelenks zog er Poppys Kopf nach hinten und küsste sie heiß und innig.

„Hast du wirklich an mir gezweifelt?", fragte Poppy, als sie wieder zu Atem gekommen war.

„Nein", erwiderte er. „Ich habe an mir gezweifelt. Ich wollte deiner würdig sein."

„Wir sind einander würdig. Können wir jetzt nach Hause gehen? Ich will es nicht auf Leanders Laken treiben. Ich will es auf unseren Laken treiben."

Beryl entfaltete seine Flügel und hüllte sie darin ein. Er trug sie aus der Löwenhöhle, vorbei an einem nickenden Leander, einer wütenden Leona und den immer noch streitenden Kimber und Cardi.

Auf dem Weg zu ihrem Bett zeigte er ihr einige der Sehenswürdigkeiten ihrer neuen Welt. Poppy schenkte diesen wenig Beachtung. Das Einzige, was sie in nächster Zeit erkunden wollte, war das Grün in den Augen ihres Drachen, seine mächtige Brust und seine sanften Lippen.

EPILOG

Kimbers Kopf schmerzte. Das hatte er in den vergangenen drei Jahren seines Lebens ständig getan. In der menschlichen Welt waren drei Jahrzehnte vergangen, da die Zeit im Schleier anders verlief als im Reich der von der Göttin bevorzugten Schöpfung. Seit der hochgeschätzte Mensch namens Cardi bei ihm wohnte, hatte er ein stetes Pochen direkt in den Schläfen.

Jede Opfergabe, die Kimber gekannt kannte, war mit Tränen in den Augen in den Schleier gekommen. Er hatte schlanke, zierliche Frauen mit Kronen auf dem Kopf gesehen, die gezittert hatten, als sich die Drachen genähert hatten. Er hatte rundliche Frauen in Lumpen gesehen, die blass geworden waren, als sie die Größe ihrer Entführer gesehen hatten.

Aber nicht Cardi. Sie hatte Feuer in ihren Augen und in ihrem Geist. Cardi war in einem Flanell-Pyjama und flauschigen Socken angekommen, und sie hatte den ganzen Schleier in die Knie gezwungen.

Das zierliche Mädchen war gegen sieben Drachen angetreten und hatte nicht mit der Wimper gezuckt, kein einziges Mal. Kimber würde sie bewundern, wenn sie nicht seinen Drachen um ihren lackierten, kleinen Finger gewickelt hätte. Der kleine Mensch war in der Lage, seine Bestie jeden seiner Wünsche erfüllen zu lassen. Schon bald war Kimber klar geworden, dass die junge Frau, die er sich als Gefährtin auserkoren hatte, ein manipulatives, verwöhntes Kind war.

Aber dieser letzte Streich war gefährlich. Was hatte sie sich dabei gedacht, in die Löwenhöhle zu gehen? Izem hatte über ihr gestanden und sich darauf vorbereitet, über sie herzufallen und sie zu verschlingen. Aber jetzt befand sich der Junge in Kimbers eisernem Griff. Sein Drache fletschte die Zähne, bereit, dem Löwenwandler die Kehle herauszureißen.

„Kimmy! Kimmy, lass ihn los!"

Der Mann in Kimber wollte Blut lecken. Aber sein Drache, der immer nach Cardis Pfeife tanzte, kam auf ihr Flehen hin zum Stillstand. Nein, kein Flehen. Ihrem Befehl. Cardi flehte nie. Sie erwartete immer, dass sie bekam, was sie wollte.

„Meine", knurrte seine Bestie leise in Izems Ohr.

„Lass ihn los!", forderte Cardi.

„Er wollte dich beißen", knurrte Kimber.

„Er wollte mich nicht beißen", erwiderte Cardi. „Er wollte mich küssen."

Kimber klappte die Kinnlade runter, und er öffnete die Faust. Izem fiel wie ein Stein zu Boden. Kimber richtete den Blick auf Cardi.

Sie stand da, trotzig wie immer. Mit ihren langen Gliedmaßen und ihren langen Haaren. Und in ihrer lächerlichen Kleidung. Ihr Gesicht war in leuchtenden Pink- und Violetttönen bemalt. Ihre Unterlippe war nach vorne geschoben.

Hatte er sie richtig verstanden? „Er wollte dich küssen?"

„Ja." Sie hob ihr Kinn. Dann legte sich ihre Stirn zweifelnd in Falten. Sie drehte sich um. „Du wolltest mich doch küssen, oder?"

Der junge Löwenwandler hob den Kopf, obwohl er noch immer auf dem Boden lag. „Ja."

Kimbers Blick wurde eisig. „Du wolltest meine Gefährtin küssen?"

„Sie ist nicht deine Gefährtin", erwiderte Izem und stand auf. „Du hast sie schon seit Jahren und nie beansprucht."

„Sie ist ein Kind."

Izem drehte sich um und sah Cardi an. Sein Blick wanderte anerkennend über ihren Körper. Seine Eckzähne schoben sich aus seinem Mund. „An diesem strammen, weiblichen Körper ist nichts Kindliches."

Cardis Wangen wurden genauso rot wie ihre Haare. Sie biss sich mit ihren perlweißen Zähnen auf die Unterlippe. Ihre Lider mit den langen Wimpern senkten sich, und sie wirkte beschämt.

Kimber hatte sie noch nie so gesehen. Dann verschwand der Zauber. Sie sah ihn mit funkelnden Augen an, und da war es wieder, das trotzige Mädchen, das er kannte.

„Knurr ihn nicht an", schimpfte sie. „Er hat mich um ein Date gebeten. Was hältst du davon?"

Was er davon hielt?

Niemand durfte sie ausführen. Sie gehörte ihm. Kimber hatte sie markiert, nachdem er den Kampf gegen seinen Vater gewonnen hatte. Forderte dieses Jungtier ihn jetzt heraus?

Oder … Moment mal.

Hier fand eine ganz andere Art der Herausforderung statt. Sowohl er als auch der junge Löwenwandler wurden manipuliert. Der dumpfe Schmerz pochte stärker in Kimbers Schläfen. Er war nicht in der Stimmung für eines ihrer Spielchen. Aber er hatte keine Wahl.

So war es eben mit den Opfergaben. Die Drachen waren ihnen völlig ergeben, solange sie lebten. Keine hatte je so lange mit ihnen gelebt wie Cardi. Dadurch hatte sie alle Schlupflöcher und Tricks gelernt. Deshalb hatte er unaufhörlich Kopfschmerzen. Er kämpfte ständig mit seiner inneren Bestie.

Es lief immer gleich ab: Cardi stellte eine lächerliche Forderung. Seine Bestie wollte ihren Wunsch erfüllen. Der Mann war der Einzige, der an die Konsequenzen dachte. Es war, als hätte Kimber es mit zwei Kindern zu tun. Das eine zeterte und forderte von außen, das andere von innen.

Er wusste, was sowohl die Frau als auch der Drache wollten: dass er sie eroberte. Dass er sie mit ins Bett nahm und ihr Schicksal besiegelte. Zuerst hatte er sich dagegen gewehrt, denn er kannte das Schicksal einer geopferten Frau nur zu gut. Er wollte nicht so viel Blut an seinen Händen haben.

Und dann hatte er erfahren, dass Cardi Feuer im Blut hatte. Sie war ein halber Drache, was bedeutete, dass sie die Geburt der Jungtiere wahrscheinlich überleben würde. Das wusste er nun schon seit Monaten. Was hielt ihn also zurück?

Nun, die Tatsache, dass sie immer noch ein manipulatives, verwöhntes Kind war – was diese Aktion wieder deutlich gemacht hatte.

Wirklich? Ein noch junger Löwenwandler? Als ob ihn das dazu bringen würde, sie aufs Bett zu werfen und ihr die Jungfräulichkeit zu rauben.

Kimbers Drache knurrte leise. Seine Krallen drangen aus seinen Fingerspitzen. Seine Reißzähne wurden sichtbar.

Ihm entging das Funkeln in Cardis Augen nicht. Sie hatte ihn, und sie wusste es.

„Du hast sie nur markiert", sagte Izem. „Und das ist Jahre her, Jahrzehnte in ihrer Zeit. Es muss eine Art Verjährungsfrist für Reservierungen geben."

Reservierungen? „Sie ist ein Mensch", knurrte Kimber. „Kein Spielzeugball."

„Aber mein Junge hat recht", mischte sich Leona ein.

Kimbers Kopfschmerzen verstärkten sich durch das Erscheinen der Löwin.

„Wenn du nicht vorhast, den Gegenstand für

seinen vorgesehenen Zweck zu verwenden, solltest du ihn zurückgeben", fuhr sie fort.

„Cardinal steht unter meinem Schutz", erwiderte Kimber.

„Aber will sie das auch?", fragte Leona.

Alle drehten sich zu Cardi um. Die Röte auf ihren Wangen war verschwunden. Ihre Schultern waren nicht mehr so aufrecht vor Gewissheit. Das war gut. Sie sollte beunruhigt sein. Sie sollte sich darüber sorgen, wie es außerhalb seines Schutzes aussähe.

„Ich ..."

Er spürte Erleichterung über ihr Zögern. Gut, sie war zur Vernunft gekommen. Kimber hob eine Augenbraue. Leider machte Cardi nie einen Rückzieher. Sie war schlimmer als die Drillinge.

Ihre Schultern hoben sich wieder, ebenso ihr Kinn.

„Ich weiß nicht, ob ich noch bei dir bleiben möchte", sagte sie. „Ich würde gerne andere Optionen ausprobieren."

Kimber wusste, dass das ein Bluff war. Cardi war noch ein Kind. Immer noch anfällig für Trotzphasen und Spielchen. Das hier war nichts weiter als ein Spiel. Ein Mittel zum Zweck, um seine Aufmerksamkeit auf sich zu lenken.

Oder war es vielleicht doch etwas anderes …?

~

Cardi versucht, mit Kimber zu spielen.
Aber dieses Spiel wird nicht so verlaufen, wie sie es
geplant hat.
Sie wird lernen, dass ein Drache alle Regeln bricht,
wenn ihm etwas mehr bedeutet als alles andere.

Erleben Sie diesen Showdown in
„Die willige Opfergabe des Drachen",
dem dritten Band der Reihe „Die letzten Drachen"!

* * *

Wenn Sie in Ines' Lesergruppe
aufgenommen werden möchten,
melden Sie sich bitte an unter
https://ineswrites.com/DeutscheLeser